幻

3

사유思惟

思惟의
심광心光이
중천심중中天心中을 향하니
중천심광中天心光이 열리어
심공일성心空一性 무진광명無盡光明이
시방천十方天 두루 일심계一心界를 밝히네.

幻
환

3

사유 思惟

思惟의
심광心光이
중천심중中天心中을 향하니
중천심광中天心光이 열리어
심공일성心空一性 무진광명無盡光明이
시방천十方天 두루 일심계一心界를 밝히네.

관음출판사

| 차 | 례 |

1장_
꽃잎

1. 당신은

당신의 이름은
무엇입니까?

당신을
어떻게 불러야 하며
무엇이라 불러주길 원하시나요?

신(神)입니까?
아니면, 깨달음을 얻은 완성자(完成者)이십니까?

그도 아니면,
지옥의 고통을 맛보게 하는 염라왕(閻羅王)
입니까?

당신이 무엇이든

나는 당신의 것이 아니며

나는
당신의 소유물이 아니며

나의 생명은
그 누구도 어떻게 할 수 없는
나만의 생명입니다.

당신이 누구시며
당신의 이름이 무엇이든

나의 생명은
당신의 것이 아니니

나는,
끝없는 무한 허공 우주에
아름다운 별빛을 따라 자유의 춤을 추는
자유의 춤꾼입니다.

나는,

나의 생명 빛깔을 따라
아름다운 대 자유의 생명이 되어 춤을 추는
춤꾼일 뿐,

당신의 이름이 무엇이며
내가, 당신을 어떻게 불러주길 원하든
그것은, 나의 일이 아니며

그것은
당신의 소망일 뿐입니다.

당신의 이름에
어쩜, 당신의 욕망은 없나요?

그 이름에
혹시, 당신의 욕망이 조금이라도 있다면
아직, 당신은
나처럼, 자유로운 춤꾼이 아닙니다.

나는,
오직, 나일 뿐,

나는,
어느 누구의 것도 아니며

그, 누구도
나를 속박하거나
나의 대 자유의 춤을 멈추게 할 수는 없습니다.

내 생명은
누구의 것도 아니며,
그 누구도 간섭할 수 없는 무형의 빛깔을 가진
대 자유의 생명이기 때문입니다.

나의 이름은
무한 대 자유이며

나의 고향은
끝없는 무한(無限), 걸림 없는 대 자유(自由),
공성(空性)이며

나의 모습은
춘하추동(春夏秋冬) 흐르는 공성(空性)의

바람일 뿐,

나의 모습을
무엇이라 이름하고,
이것이라 불리울 형태가 없습니다.

시간의 흐름
춘하추동을 따라, 새싹의 봄바람이 되고
열정을 가진 여름바람도 되고
꽃씨를 날리는 가을바람도 되고
차디찬 겨울바람도 된답니다.

당신의 이름이 무엇이며
당신이 누구이든
나의 춤은, 누구도 멈추게 할 수는 없습니다.

나의 생명은
오직, 나의 것이며,
당신의 것이 아니기 때문입니다.

혹시?

당신의 이름에
나를 얽매고자 하는
당신의 작은 욕망은 없나요?

나의 생명은
오직, 나의 것이며

당신의 이름이 무엇이든
그것은 당신의 것이며,
나의 생명은 당신의 것이 아니니,
대 자유의 춤을 추는
내 생명의 춤을 멈추게 할 자는 없습니다.

나의 생명은
일체 초월의 대 자유,
공성(空性)의 춤을 추는 바람의 춤꾼,
무한 초월, 무한 무변(無邊) 광명(光明)이
오직,
나이기 때문입니다.

2. 삶

삶은
꿈을 좇는 생명의 길이며,
생명 꿈의 길이
삶의 길입니다.

꿈은
삶을 살아 있게 하고
생명 길의 의미를 가슴에 부여하며
삶의 가치를 느끼게 합니다.

살아 있는 삶이란
꿈이 살아 있는 삶이며
삶을 추구하는 의미를 가진 삶이며
살아야 할, 분명한 목적의 초점이 살아 있는
삶입니다.

그 속에
자신이 살아 있는 존재 의식과
존재의 삶의 의미와
생명이 살아 있는 가치의 의미를 부여하게
됩니다.

삶은
꿈길이며
존재 의미의 길이며
생명이 살아가는 목적이 있는 삶입니다.

그
삶 속에
자신 존재의 의미와 가치가 있으며
생명 존재의 의미가 있습니다.

3. 그것이……

그것이,
눈에 보이는 것이든
귀에 들리는 것이든,

아니면,
몸의 촉각에 의한 것이든

그것이 있으므로
기쁨이고
행복이 있음이다.

그것이,
눈에 보이는 것이 아니고
귀에 들리는 것도 아니며,

또한,
몸의 촉각에 의한 것이 아니어도
마음에 존재하는

그것이 있으므로
기쁨이고
행복이 있음이다.

그리고,
또한, 그것이
눈에 보이는 것이든
귀에 들리는 것이든,

아니면,
몸의 촉각에 의한 것이든

그것이 있으므로
아픔이고
괴로움이 있음이다.

또,

그것이,
눈에 보이는 것이 아니고
귀에 들리는 것도 아니며,

몸의 촉각에 의한 것이 아니어도
마음에 존재하는

그것이 있으므로
아픔이고
괴로움이 있음이다.

그것이
눈에 보이는 것이든
귀에 들리는 것이든,

아니면,
몸의 촉각에 의한 현상이든,

또한,
그것이, 눈에 보이는 것이 아니고
귀에 들리는 것도 아니며,

또한,
몸의 촉각에 의한 것이 아닌
마음에 존재하는 것이어도

그것은,
잠시도 머무름이 없어, 실체 없는
환(幻)입니다.

그것이,
가슴 가득, 기쁨과 행복의 것이든,

아니면,
가슴 깊이, 아픔과 괴로움의 것이든

그것은
잠시도 머무름이 없어, 실체 없는
환(幻)입니다.

그것만
환(幻)이 아닙니다.

삶의 하루
가슴 가득, 기쁨과 행복도
그것은, 잠시도 머무름이 없어, 실체 없는
환(幻)이며,

삶의 하루
가슴 깊이, 아픔과 괴로움도
그것 또한, 잠시도 머무름이 없어, 실체 없는
환(幻)입니다.

그것이 무엇이든,
일체가,
머무름이 없어, 실체가 없는 환(幻)입니다.

그,
일체가
머묾 없는, 시(時)의 바람결에 흐르는
환(幻)의 꽃잎들입니다.

무(無)에서
시(時)의 인연 따라

홀연히, 꽃봉오리가 생겨나고
자기 빛깔의 꽃이 피었다
홀연히 지듯

나,
그리고, 그대,
지금, 우리 모두
끝없이, 영원한 존재가 아닙니다.

사실(事實),
나,
그리고, 그대,
우리 모두는, 우주의 불가사의 신비(神秘)이며,

우리는
시(時)의 흐름, 우주의 숨결 속에 생겨난
아름다운 시(時)의 생명,
홀연히
잠시, 피었다 사라지는
환(幻) 꽃입니다.

4. 빛깔세상

꽃잎,
당신이 오직, 원하고
좋아하는 색깔이 빨간색입니까?

꽃잎,
당신이 오직, 원하고
좋아하는 색깔이 노란색입니까?

꽃잎,
당신이 오직, 원하고
좋아하는 색깔이 파란색입니까?

당신이
무슨 색깔을 그토록 원하고
빨강, 노랑, 파랑의 꿈과 희망을 가지며

가슴에, 그 색깔의 꿈의 세상을 오직, 바라고
그 길을 향할지라도

그 꿈의 길,
그 빨간 꿈의 세상에는
노란색과 파란색이 있기 때문에,
당신의
빨간색이 더욱 빛나고, 가치가 있는 것입니다.

그 꿈의 길,
그 노란 꿈의 세상에는
빨간색과 파란색이 있기 때문에,
당신의
노란색이 더욱 소중하고, 가치가 있는 것입니다.

그 꿈의 길,
그 파란 꿈의 세상에는
빨간색과 노란색이 있기 때문에,
당신의
파란색이 더욱 아름답고, 가치가 있는 것입니다.

만약,

노란색과 파란색이 없다면,
당신의
빨간색도 가치가 없어, 빛나지 않습니다.

만약,
빨간색과 파란색이 없다면,
당신의
노란색도 가치가 없어, 소중하지 않습니다.

만약,
빨간색과 노란색이 없다면,
당신의
파란색도 가치가 없어, 필요하지 않습니다.

세상은
노란색과 파란색이 있기에
빨간색의 꿈을 가지며,
당신의
빨간색이 소중하고, 가치가 있는 것입니다.

세상은
빨간색과 파란색이 있기에

노란색의 꿈을 가지며,
당신의
노란색이 소중하고, 가치가 있는 것입니다.

세상은
빨간색과 노란색이 있기에
파란색의 꿈을 가지며,
당신의
파란색이 소중하고, 가치가 있는 것입니다.

빨강, 노랑, 파란색,
오직, 어느 한색뿐이라면
그 하나의 색 또한, 가치가 없고, 필요가 없어
끝내 사라지므로
그 세상은 아름답지도 않고,
당신의
꿈도, 희망도, 이상도, 행복도 없는 세상입니다.

세상은
여러 색깔이 서로 어울려 조화를 이루고 있기에
각각 자기 색깔의 행복과 이상의 꿈을 가지며
세상은 그 빛깔들이 서로 어우른 조화로움으로

서로 다른 하나하나의 색깔이 소중하고
아름다운 조화의 세상입니다.

세상은,
어느 한 색깔이 우뚝 돋보여 아름다운 것이
아닙니다.

서로 다른
모든 색깔이 서로 어우른 하나의 세상이므로
세상은 더욱 아름답고,
서로 다른 색깔의 조화로운 어우름이기에
세상은 아름다운 것입니다.

이는,
서로 어우른 상생과 화합의 조화로 이루어진
상생이 조화를 이룬 아름다운 세상이기에
상생이 행복이며, 무한 가치의 행복세상입니다.

삶과 세상에
무엇이든,
혼자의 행복과 평안은 존재하지 않습니다.

왜냐하면,
그 어떤 행복과 평안을 느끼는
상황이든, 관계이든, 일이든, 삶이든, 세상이든,
그 가치에는 반드시
그만의 홀로가 아니기 때문입니다.

세상은,
빨강이 있기에 노랑이 필요하고
노랑이 있기에 파랑이 소중하며
파랑이 있기에 더불어 빨강이 더없는 가치를
창출합니다.

당신이 행복을 생각하는
그 어떤 미래의 꿈의 세상 행복에도
그 누구도 없는 세상
딸랑, 당신 홀로 있는 세상이 아닙니다.

사실, 서로 위하며,
함께하는 그것이 사랑이며
기쁨이며
한 어우름 속에 더불어 기쁨이, 행복입니다.

당신의 꿈도, 희망도,
행복의 미래도
서로 위하며 어우르는 그 기쁨 속에 피어난
이상(理想)입니다.

당신이,
꿈과 이상(理想)을 가짐도
그것이
딸랑, 당신 혼자뿐인, 고독한 세상이 아닙니다.

상생(相生)으로 하나된,
한 어우름의 기쁨이 곧, 삶의 행복이며,
그것이
곧, 삶의 축복이며
삶의 행복세상입니다.

행복은,
소중한 삶을 함께하고
서로 소중한 어우름이 아름다운 삶임을 느끼며
서로 생각하고 위하는 상생(相生)의 삶이
곧, 삶의 축복이며
행복입니다.

5. 념(念)

텅 빈
티 없는 허공 마음에
우연한, 한 생각 일으키어
피어난 한 생각, 념(念)의 길을 따라
삶의 모습이 달라진다.

삶은,
곧, 념(念)의 길이니,

삶은,
념(念)이 피어난
념념(念念), 천만억념(千萬憶念)의 길이
곧, 삶이다.

그,

념(念)을 따라
청황적백(靑黃赤白), 삶의 색깔이 피어나니,
삶의 모습, 청황적백(靑黃赤白)이
념(念)이 피어난 모습이다.

념(念)의 빛깔,
청황적백(靑黃赤白)을 따라
청황적백(靑黃赤白)의 삶의 모습이니,
청황적백(靑黃赤白)의 념(念)은
청황적백(靑黃赤白)의 삶의 길을 선택하는
씨앗이다.

그,
념(念)의 색깔 따라 피어난 것이
삶의 빛깔 모습이니,

념(念)은
눈에 보이지 않으나,
드러나는 청황적백(靑黃赤白)의 삶의 모습,
그 형태가
념(念)이 피어난 빛깔의 삶이다.

6. 한계점(限界點)

모든 존재는
어떤 일면(一面)이든, 한계점(限界點)이 있다.

그것이 무엇이든,
한계점(限界點)이 없는 것이 없다.

만약,
한계점(限界點)이 없다면,
물질(物質)이나, 생명체(生命體)의 생태나 성질인
종(種)의 차별이나, 경계(境界)가 사라질 것이다.

한계점(限界點)이란,
나비가,
물 속에 사는 물고기가 될 수가 없고,

물고기가,
허공(虛空)을 나는 새가 될 수가 없으며,

새가,
땅에 뿌리를 내린 소나무가 될 수가 없고,

소나무가,
동물(動物)인, 토끼나 닭이 될 수가 없음이
곧, 한계점(限界點) 때문이다.

또한,
토끼는, 토끼의 새끼를 낳고
닭은, 닭의 알은 낳아도
토끼나 닭이, 밤나무의 밤톨은 낳을 수가 없다.

또한,
사람이, 하늘에 있는 태양이 될 수가 없고,

또한, 태양은,
여러 꽃에 날아다니며 날갯짓 하는 나비가
될 수가 없다.

그 까닭은,
그 존재의 성질과 생태(生態)의 특성,
한계점(限界點) 때문이다.

모든 존재는
그 존재의 성질과 생태(生態)의 특성에 따라
종(種)의 분류인, 체계가 나뉘어지며,

또한,
모든 존재인, 물질과 생명체는, 그 존재 특성의
한계점(限界點) 때문에,
그 종(種)의 성질과 특성을 유지(維持)하며,
그 종(種)의 생태적 성질과 특성에 따라
그 특성에 의한 유기적(有機的) 생태환경 속에
삶을 살게 된다.

모든 존재는
그가 가진, 생태의 한계점(限界點)에 구속되거나
얽매임에서 벗어나기를 원한다.

왜냐면,

한계점(限界點)이란,
무엇이든, 자유로움을 가두는 구속의 틀이며,
끝없는 성장을 멈추게 하는 벽(壁)이며,
벗어날 수 없는 한계성(限界性)인 장애(障礙)이며,
무엇을 하든, 항상 얽매이고, 속박되는
굴레이기 때문이다.

새로운 새싹이 돋아나고,
꽃을 피우며
씨앗을 사방으로 멀리에까지 퍼트리고
종족(種族)을 번성하게 하며
자기의 능력과 한계를 넓히는 선의적(善意的)
활동과
모든 존재의 긍정적 성장(成長)의 모든 변화는

이 모두가,
자기 상황 생태(生態)의 한계(限界)인
자기의 한계점(限界點)을 벗어나기 위한
자율적(自律的)인 자기변화의 작용이며,
성장성(成長性)의 생명활동인 생태변화의 모습이다.

이, 모든 존재는,

자기(自己)의 어떤 한계성(限界性)인
정체성(停滯性)에 얽매임과 구속됨을 벗어나려는
내재적(內在的) 끊임 없는 자율적 반응(反應)과
작용이 일어나게 되니,

이 자연적 작용과 활동이,
존재의 성장과 발달의 자율적(自律的) 작용이므로,
이는,
자기극복(自己克服)과 생태적응(生態適應)과
생명진화(生命進化)의 활동이며, 모습이다.

존재의 이러한 자연적 특성은
모든 존재의 생태특성인 자연적 성질이,
자기 존재성이나, 자기 변화의 상태에서
존재 생태변화의 성질이, 무한 성장을 지향하고
유기적(有機的) 환경과 생태의 관계 속에
좀 더 나은 성장성(成長性)의 상태를 지향하는
성장성(成長性)인 연속성(連續性)의 성질 속에
놓여있기 때문이다.

이러한 특성의 작용으로
만물(萬物)과 생명체(生命體)들이

유기적(有機的)인 생태환경(生態環境)을 따라
성장성(成長性)의 연속성(連續性) 속에 변화하고
진화(進化)하며,

또한, 이러한 성장성(成長性)의 활동은,
이성(理性)과 사고(思考)가 깨어있는 사람에게는
의식(意識)과 정신(精神)이 무한 승화(昇華)하는
동기부여(動機附與)가 된다.

진화(進化)는,
자기(自己)의 한계점(限界點)을 벗어나는 것이며,
승화(昇華)는,
자기(自己)의 한계점(限界點)을 벗어나,
무한 열린, 끝없는 자기(自己) 가치의 무한세계를
향(向)함이다.

진화(進化)와 승화(昇華)는,
자기(自己), 무한 극복(克服)의 세계이므로,
자기 극복(克服)과 성장을 못하는 미숙한 마음인,
남을 시기(猜忌)하거나 이기려는
자기 욕심(慾心)과 분심(憤心)으로는
되지 않는다.

진화(進化)의 힘은,
자기의 부족(不足)함을 바로 보는
자각(自覺)의 깊은 정신(精神)이 축적(蓄積)되어
자기개선(自己改善)의 선의지력(善意志力)에 의한
선의지(善意志)의 정신력(精神力)이
자기진화(自己進化)의 원동력(原動力)이 되며,

승화(昇華)의 힘은,
자기 의식(意識)과 정신(精神)의
부족한 한계점(限界點)을 극복(克服)하는
무한을 향한 끊임없는 개선(改善)의 노력으로
의식(意識)과 정신(精神)이 진화(進化)하므로,
궁극(窮極)을 향한 정신의식(精神意識)에 의한
정신의지력(精神意志力)의 힘으로
무한 자기진화(自己進化)를 향한 정신(精神)이
승화(昇華)하게 된다.

궁극(窮極)이란
끝없는 자기진화(自己進化)의 길이며,
승화(昇華)란
무한 열린 자기진화(自己進化)를 향한
끝없이 열린, 무한(無限) 정신(精神)의 세계이다.

진화(進化)와 승화(昇華)의 세계는,
자기 의식차원(意識次元)의 고정관념(固定觀念)인
한계성(限界性),
그, 한계점(限界點)을 극복(克服)해 벗어나므로,
무한을 향한 의식(意識)과 정신(精神)이 열리어,
극복(克服)에 의한 새로운 차원의 변화의 세계,
자기 진화(進化)와 승화(昇華)에 대한 안목(眼目)의
인식(認識)과 자각(自覺)의 눈이 열리게 된다.

이(是), 무한을 향한 안목(眼目)은,
자기의식(自己意識)의 고정관념 한계성(限界性)인
한계점을 벗어나려는 정신의지(精神意志)의
자기극복력(自己克服力)이 없이는,
자기성장(自己成長)의 무한 진화(進化)와
승화(昇華)에 대한 의지(意志)의 정신력(精神力)이
생기지 않는다.

만약,
의식(意識)과 정신(精神)이 밝게 깨어나지 못해,
자기의식(自己意識)의 고정관념에 얽매여
자기극복(自己克服)의 정신(精神)과
자기개선(自己改善)의 의지(意志)가 부족하면,
끝없이, 무한 열린 존재의 가치를 향한

자기진화(自己進化)의 정신(精神)을 열지 못한다.

모든,
만물(萬物)과 생명체(生命體)의 끊임 없는 활동은
자기 성장발전의 정체성(停滯性)을 벗어나려는
자기발전을 위한 성장성(成長性)의 활동이다.

그러므로,
어떠한 생태환경이든 적응하고 극복(克服)하며,
자기의 정체(停滯)된 상황과 생태의
한계성(限界性)을 벗어나고자 끊임없이 노력함이
모든 존재(存在)의 생명활동(生命活動)인
자기 성장성(成長性)의 생명활동이다.

그러므로, 그것이 무엇이든,
또한, 누구이든,
스스로, 자기 한계성(限界性)을 벗어나지 못하면,
그 존재(存在)는 더 진화(進化)하지 못해,
자기의 한계성(限界性) 속에 머물게 됨으로,
만약,
의식(意識)과 정신(精神)이 자기극복(自己克服)과
자기개선(自己改善)의 의지(意志)가 부족하면,

그 생명활동의 시간과 세월이 거듭해도
자기의 한계점(限界點)을 극복하지 못해,
끝없이 열린 자기가치의 무한세계를 열지 못한다.

이(是),
무한 열린 의지(意志)와 정신(精神)의 활동에,
한계성(限界性)은 고정관념(固定觀念)이며
한계점(限界點)은 자기극복(自己克服)의 세계이며
진화(進化)는 한계성(限界性)을 벗어남이며
승화(昇華)는 한계점(限界點)을 초월해
끝없이 무한 열린,
자기 가치의 세계를 향함이다.

7. 무영탑(無影塔)

삶에,
혼(魂)을 불사른 그 열정(熱情)의 삶은
자기 그림자 없는 신비(神秘)한
무영탑(無影塔)이다.

내일을 향해
의지(意志)의 꿈을 가지고
삶을 헛되이 살지 않으려고 노력하며,

늦은 밤
잠 못 이룸이
스스로 헛되이 살지 않으려는
꿈의 의지(意志)와 정신(精神)의 갈무리이니,

이는,
의식(意識)의 진화(進化)를 위해

정신(精神)의 승화(昇華)를 도모하며
이상(理想)을 향한 꿈의 탑(塔)을 쌓고자
시간시간 마음가짐과 발걸음 발걸음을
헛되이 하지 않으려는 열정(熱情)의 노력을
쉬려 하지 않음이다.

이는,
비 오는 날에도
눈이 오고, 바람이 부는 날에도
꽃이 피고, 꽃이 지는 날에도

무더운 그 여름날에도
손과 발이 얼어붙는 추운 그 겨울날에도
헛되이 살지 않으려는 그 정신 놓칠까 봐

온몸으로 더위를 감당하고
차가운 몸 움츠리어 추위를 감당하며
무엇 하나 가릴 것 없는 그 의지(意志) 하나,

시간시간을 쌓아가며
발걸음 발걸음마다 아픔이 있어도
그것이 꿈을 향한 삶이며

그것만이 더없는 가치를 위한 길임을 생각해

어떤 상황과 역경(逆境)이든
스스로 마음을 달래고, 내 마음 추스르며
용기와 희망과 꿈을 위해
나를 다스리기에 애쓰고 힘을 다할 뿐,

그,
어떤 상황이 길을 가로막고
그 무엇이 방해를 해도
무엇을 탓하거나 원망함이 없음은
그 또한, 내가 극복하고 가야 할 길이며,
어떤 아픔도, 정신의 향기로 승화해야 하는
내 삶 의지(意志)와 정신의 길이기 때문이다.

어떤 상황이든,
그 무엇을 탓할 것 있음이
곧,
내 안목(眼目)이 부족(不足)함과
내 의지(意志)가 나약함 때문이며,

또한,

의지(意志)의 시선(視線),
혼(魂)을 갈무린, 초점의 동공(瞳孔)이 흐려짐은
뜻을 향한 의지의 정신이 흩어지기 때문이다.

어느,
한 순간 마음이 흔들리고 방황함은,

저,
가냘픈 몸뚱어리로
모진 추위와 비바람에 몸을 맡긴 채 견뎌내는
난초(蘭草)보다 못한
나약한 의지(意志)가 드러남이며,

꿈이 맺힌,
꽃망울이 열린 꽃잎에 눈이 내려
눈이 추위에 얼음 되어 꽃잎을 얼려도
꽃잎의 생명력은 죽지 않고 피어나는
설중매화(雪中梅花)의 꿈 의지(意志)처럼,
꿈의 생명력에 깊은 의지(意志)의 향기가 없어
한갓, 보잘것없는 정신(精神)의 한계점 그 뿌리가
드러남이다.

그,

무엇이든,

자신의 갈무리 없이, 아무렇게나,

그저, 그냥 쉽게 생각하고,

또한, 스스로,

경험과 안목(眼目)이 부족함을 자각(自覺)해

끝없이 자신을 개선(改善)하며, 극복(克服)하는

어려움의 극복 없는 꿈을 꿈은,

나약한 의지(意志)의 꿈이라, 이룩할 수가 없다.

만약,

그 꿈을 이룩하였다 하여도,

아직, 자신의 미숙함을 돌아보는 자각(自覺)과

한 생명 세상을 바라보는, 자기 안목(眼目),

그 의식(意識)과 정신(精神)이 성숙하지 못하여,

사고(思考)가 깊고, 농후(濃厚)하게 익지를 않아

자기 개선(改善)과 극복(克服)의 가치인

극한, 어려움이 없는 꿈이니,

그 꿈의 가치는

한갓, 자신만 만족하는 소족(小足)의 것이라

그 가슴에,

그 꿈의 가치와 향기가 짙고, 깊지를 않아

사방의 작은 바람결에도 묻어 흐르는
그 어떤 향기도 없어,
허다히 몸을 스치는 바람결도 느끼지 못하고,
사방 물길이 닿는 바다의 파도도 느끼지 못하며,
대지의 풀 한 포기도 느끼지 못하는
자기 작은 가슴만 설레는 바람일 뿐이다.

저,
하늘에 떠 있는 해의 무한 축복(祝福)을 생각하며
그가 곧, 나의 스승임을 찬탄하고,

땅이 만물을 길러내는 무한 덕성(德性)을 보며
그가 곧, 나의 스승임을 찬탄하며,

허공이 일체를 수용함이 곧, 큰 사랑임을 느끼며
그가 곧, 나의 경전(經典)임을 찬탄하고,

물이 모든 생명에게 소중한 존재임을 깨달으며
그가 곧, 나를 일깨우는 진리(眞理)임을 찬탄하며,

이,
한 호흡,

한 발걸음에도
아직, 부족한 마음을 다스리고
아직, 부족한 의식(意識)을 성장하게 하며
아직, 부족한 지혜(智慧)를 진화(進化)하게 하고
아직, 부족한 정신(精神)을 승화(昇華)하게 하며
아직, 부족한 나 자신을 돌아보고,

저,
하늘에 뜬 해[太陽]의 위대함을 사유(思惟)하며
아직, 미약한 내 의식(意識)을 일깨우고,

땅의 무한 덕성(德性)을 깊이 자각(自覺)하며
아직, 미숙한 내 의지(意志)를 성숙시키며,

허공의 큰 사랑, 자신을 텅 비운 모습을 보며
아직, 부족한 내 정신(精神)을 승화하게 하고,

물이 위하는, 진정한 진리(眞理)의 삶을 보며
아직, 보잘것없는 나의 모습을 돌아보며

이,
한 호흡,
한 발걸음에, 나를 일깨우는 그 승화의 길을 향해

끊임없이 노력하고 있다.

왜냐면,
이 길이 아니면, 내가 생명을 받아 난
그 의미(意味),
내 존재의 가치는, 의미(意味) 없는 생명이 되기
때문이다.

이(是),
생명(生命)의 길,
영원하지 않은 꽃잎의 삶,

나, 존재(存在)의 의미(意味),
이(是), 존재의 삶,
이(是), 생명의 숨결,
나, 존재(存在), 가치를 헛되이 하지 않으려는
끝없는 의지(意志)의 향상 길,
이 의식(意識)이 궁극을 향한 진화(進化)와
이 정신(精神), 승화(昇華)를 위해 추구(推究)하는
한 호흡, 한 걸음 길에

이(是),

생명(生命)의 근원(根源)을 향해,
순수 의식(意識)이 열리고
순수 정신(精神)이 열리어
무궁리천(無窮理天)을 향해 승화(昇華)하여
생명(生命) 실상(實相)이 열린
깊은 심안(心眼)은,
존재(存在)의 무한 가치(價値),
그 끝없는 불가사의 생명(生命) 길,
무한 승화(昇華)의 향기(香氣)를 갈무리며
흐르고 있다.

만약,
아직, 내 심성(心性)이,
나를 일깨우는 밝은 정신을 열지 못한
미혹(迷惑)의 의식(意識)이면,
정신(精神)이 밝게 깨어나지 못해
생각과 사고(思考)가 미혹(迷惑) 속에
정신(精神)이 진화(進化)하지 못하여
밝은 지혜(智慧)의 심안(心眼)이 열리지 않아,
나, 존재(存在)의 더없는 가치를 향한
무한 진화(進化)의 길을 알지 못해,
미혹(迷惑)한 의식(意識)으로, 삶과 세상을 보며,

한갓, 부질없는 욕심(慾心)에 눈이 멀어
삶의 한 호흡, 한 걸음 길이,
어리석음을 더하는 미혹(迷惑)에 젖은
삶을 살 것이다.

이(是),
미혹(迷惑)의 의식(意識)이,
삶의 어느 한 순간,
아직도, 미혹(迷惑)에서 벗어나지 못한
자기 자신을 문득, 발견하며,
자기를 돌아보는, 자각(自覺)의 아픔이 깊어,
그 마음, 비로소,
의식(意識)이 밝게 깨어나고,
의식(意識)이 진화(進化)하며 확장할수록
생각과 사고(思考)의 시선(視線)이
자기(自己)를 벗어나,
모두를 생각하고 바라보는 전체를 향해 열리며,
그 정신(精神)이 승화(昇華)하여,
자기(自己)에 얽매인 의식(意識)을 벗어남으로
밝은 지혜(智慧)의 심안(心眼)이 활짝 열리어
비로소,
태양(太陽)의 무한 축복(祝福)의 사랑도

땅의 무한 생명의 사랑도
허공의 무한 열린 초월(超越)의 사랑도
물의 무한 공덕(功德)의 지혜(智慧), 끝없는
무아(無我)의 사랑도

곧,
존재(存在)의 실상(實相),
무한(無限) 진리(眞理)의 숭고한 길이며
무한(無限) 존재(存在)의 승화의 삶이며
무한(無限) 가치(價値)의 생명(生命) 길임을
깨닫는다.

왜냐면,
나의 존재(存在)는,
하늘의 해, 흙의 땅, 텅 빈 허공, 생명의 물,
그 모든 사랑의 축복(祝福) 속에 살아가는
하나의 생명, 꽃잎 존재(存在)이며,
이,
우주(宇宙), 만물(萬物)이
존재(存在), 실상(實相)의 한 어우름으로,
무한 사랑의 삶을 사는, 무한 사랑 길
세상이기 때문이다.

저,

하늘의 해

만물이 자라는 흙의 땅

텅 빈 무한 허공

어디에서나 항상 곁에 있는 소중한 생명의 물,

이 모든 존재(存在)가,

존재(存在), 실상(實相)의 길[道],

나 없는 무한 사랑의 삶을 살기에

나 존재(存在)가, 그 사랑의 힘으로 존재하며

살아가고 있음이다.

이(是),

존재(存在), 실상(實相)의 길이며

실상(實相), 진리(眞理)의 길인

만물(萬物)이 흐르는 한 생명인 실상(實相),

나 없는 무한 승화(昇華)의 실상(實相)의 삶인,

이 무한 사랑의 길이,

이 무한 사랑의 삶이,

존재(存在)의 진정한 무한 가치이며,

존재(存在)의 의식(意識)과

존재(存在)의 정신(精神)이 무한 승화(昇華)한

진정한 삶과 존재가치의 길이다.

이는,
끝없는, 무한 승화(昇華)의 이성(理性)과
끝없는, 무한 감성(感性)의 사랑을 승화(昇華)한
존재의 더없는 가치의 길이며
생명 삶의 무한 가치의 길인
무한 정신이 승화(昇華)한 사랑 길이니,

이는,
우주(宇宙), 모든 존재(存在)의 삶인
존재(存在), 진리(眞理)의 궁극(窮極)의 도(道)이며,
지극(至極)한, 생명(生命) 실상(實相)의
길이다.

이는,
일체 만물(萬物)이, 실상(實相)의 한 성품,
무한 순수(純粹)의 한 성품, 진리의 길을 따라,
한 어우름의 지극한 순리로 살아가는,
진정한
순수, 존재 실상(實相), 섭리의 길이며,
한 어우름 무한 진리의 삶인, 무한 사랑의 길이니,
이 순수, 무한 사랑의 길은
존재의 진정한 진리(眞理)의 길이며,
존재의 진정한 진리(眞理)의 삶이다.

이는,

실상(實相), 무한(無限) 궁극(窮極)의 가치이며,

한 생명(生命), 무한 상생(相生)의 어우름인,

순수 진리(眞理)의 실상(實相)의 삶이며,

한 생명(生命),

본연(本然) 본성(本性)의 길이며,

본연(本然) 본성(本性)의 삶이며,

본연(本然) 본성(本性)의 지혜가 무한 열린

궁극(窮極) 승화(昇華)의 불가사의 성품

존재(存在) 실상(實相)의 삶이다.

이(是),

순수,

진정한 사랑 길,

진정한 사랑의 삶을 사는

저,

하늘의 해

흙의 땅

텅 빈 무한 열린 허공

생명을 살리는 소중한 물,

그

존재(存在)는,

뭇 생명의 인식(認識)과 촉각(觸覺) 속에
존재(存在)해도,

그
존재(存在)의 길,
그 존재(存在)의 진정한 가치는
오직,
나 없는 실상(實相)의 삶,
무한 진리(眞理)의 실상(實相)의 길이며,
무한 승화(昇華)의 사랑의 삶이며,
무한 승화(昇華)의 사랑의 길이니,

이(是),
나 없는, 무한 승화(昇華)의 사랑은,
존재 실상(實相)의 진리, 한 성품의 길이며,
존재 실상(實相)의 진리, 한 생명의 길이다.

이는,
무한 상생(相生), 실상(實相)의 진리의 삶이며,
무한 상생(相生), 실상(實相)의 섭리의 삶이니,
이는,
한 어우름 승화(昇華)의 무한 가치의 세상 길이며,
한 어우름 승화(昇華)의 무한 축복의 세상 길이며,

한 어우름 승화(昇華)의 무한 행복의 세상 삶이다.

이(是), 숭고한,
존재(存在)의 진정한 가치, 그 진실한
사랑 길을 위해,
저,
하늘의 해
흙의 땅
텅 빈 무한 열린 허공
생명을 살리는 소중한 물,
그 존재가 사라지는 그 순간, 그 찰나에까지,
끝없이 우주를 돌고 돌며,
자기 존재(存在), 실상(實相)의 길이며,
자기 성품, 영원한 진리(眞理)의 삶이며,
자기 정신(精神), 무한 승화(昇華)의 길인,
무한 순수의 사랑 길, 진리(眞理)를 따라,
하늘의 해,
텅 빈 허공, 흙의 땅, 생명의 물, 그 존재의 삶은
우주(宇宙),
저,
무한(無限) 사랑 길의 삶이다.

이,
진정한 존재(存在)의 가치,
이 진실한 사랑 길, 이 순수의 삶은,

곧,
존재(存在)의 가치는,
존재(存在)의 실상(實相), 무한 승화(昇華)의 삶인
나 없는 무한 사랑 길,
무한 사랑의 한 생명 숭고한 삶이며,
무한 사랑의 한 성품 승화(昇華)의 길임을
깨닫게 함이니,

이는, 곧,
무한 승화(昇華)의
진리(眞理)의 실상(實相) 길이며,
궁극(窮極)의 근원을 향한 깨달음 심광(心光)이
무한 열린 지혜(智慧)와
심안(心眼)이 이천(理天)을 향해
무한 정신이 열린
궁극(窮極), 승화(昇華)의 심명(心明)의 길인,
실상(實相), 한 성품 생명(生命)의 길이며,
실상(實相), 한 생명 지고(至高)한 삶이며,
실상(實相), 한 어우름 무한 축복의 삶인

무한(無限), 행복(幸福)의 세상,
심광명(心光明)의 길이다.

이,
사랑 길, 존재의 향기(香氣),
무한 승화(昇華)의 진리(眞理)의 삶을 사는
저,
하늘의 해
흙의 땅
텅 빈 무한 열린 허공
생명을 살리는 소중한 물,

그
존재(存在)는, 뭇 생명 인식(認識) 속에 있으나,
무한 승화(昇華)의 혼(魂)을 불사르는
그 열정(熱情), 숭고한 사랑은
곧,
자기, 그림자 없는,
무한 진리(眞理)의 실상(實相),
무한 정신(精神)이 승화(昇華)한 불가사의
존재,
그림자 없는 무영탑(無影塔)이다.

8. 어디 가시나요?

어디 가시나요?

그곳에
무슨 기쁨이 있어서 가시나요?

아니면
무슨 행복이 기다리고 있어서 가시나요?

그도 아니면,
이 우주 무한 허공세계에
당신을,
천 년을 기다리는 사람이 있어서 가시나요?

만사(萬事),
뭇 일을 제쳐놓고, 어디를 그토록 그렇게 바삐
가시나요?

의논할 것이
아직, 태산 같은데
아랑곳하지 않고 어디를 그렇게 가시나요?

쪽지 한 장 남기지 않고
가시는 곳 어딘지도 모르게 그렇게 말없이
어디를 가시나요?

그곳에
누구도 모르는 꿀 항아리를 감추었는지
가시는 곳 장소도 말하지 않고 급히 휑하니
어디를 그렇게 가시나요?

가시는 곳
그곳에 따라갈까 봐
눈길도 주지 않고 말없이 살며시 그렇게
어디를 가시나요?

혹시나
못 가시게 잡을까 봐
아무런 말없이 살며시 몰래 혼자 그렇게
어디를 가시나요?

그것도 아니시면
혹시나 내가 알면 가시는 길 못 가실까 봐
아무런 말도 없이 나 몰래 살며시 그렇게
홀연 듯 가시나요?

가시는 곳 어디신지
주소나 연락처라도 주지 않고
아무도 모르게 훌쩍 그냥 흔적 없이 그렇게
어디를 가시나요?

내일 귀중한 약속이 있어
꼭, 같이 가야 할 곳도 있는데
어디를 가신다고 말없이 살짝이 그렇게 어디를
가시나요?

가시는 곳
그곳에 무엇이 소중한 것이 있다고
뒤도 돌아보지도 않고 아무런 흔적 없이 살며시
어디를 그렇게 가시나요?

아직, 가슴에 남아 있는,

미안하다, 말 한마디 못했는데
아무런 말도 하지 않고 훌쩍 어디를 그렇게
가시나요?

그간,
말 못한 그 아픔, 이제야 알겠는데
아무런 말도 없이 그냥 그렇게 말 없이 훌쩍
어디를 가시나요?

그렇게
쌓은 정(情) 마다하시고
아무런 이유도 없이 홀연 듯
나도 모르는 곳으로 어디를 그렇게 바삐
가시나요?

무엇이라
말 한마디 없이 그렇게 가시면 어디에서 어떻게
찾아야 하나요?

벌써,
하려다 못한 말, 가슴에 남아 있는
이 말 한마디는

어떻게 전해야 하나요?

어저께 하려고
망설이다 못한 그 말 한마디,
이토록 가슴 저미며 아픈 이 마음,
천 년이 흘러도 가슴 속 깊이 새겨서 잊지 않고
다음 생에 다시 만나면
이생에서 망설이다 못한 그 말 한마디
따뜻한 마음 담아
꼭,
전하겠습니다.

2장_
향수해(香水海)

1. 철학(哲學)

철학(哲學)은
개념학(概念學)이다.

철학(哲學)은
철(哲)의 학문(學文)이니,
철(哲)은, 무엇을 명확히 인식(認識)하거나
봄[見]이며,

철학(哲學)의 학(學)은
개념(概念) 정의(正義)의 논리(論理)이니,
철학(哲學)의 학(學)은
철학(哲學) 개념(概念)의 논리학문(論理學文)이다.

그러므로,
철학(哲學)의 학(學)은,
무엇을 명확히 인식(認識)하거나 봄[見]에 대해,
그를 명확히 밝혀 규정(規定)한 정의(正義)와

그 정의(正義)를 명확히 밝혀 정의(定義)한
개념(槪念)을 밝힌 학문(學文)이다.

그러므로,
철학(哲學)은, 그 시대와 그 사회를 이끌고,
그 시대정신(時代精神)과 사회사상(社會思想)이
발전하고 지향(志向)하는 사회상의 모습이며,
무엇이든 바라보는 안목의 사회상(社會相)이 된다.

철학(哲學)의 전개(展開)는
사상(思想)의 다양한 빛깔의 갈래를 만들며,
그에 대해 각각 옳고 그름의 사회적 심리(心理)를
형성하게 되므로,

이는,
이성(理性)을 자극하는, 다양한 사상(思想)이 되어,
각각 사고(思考)의 주관적(主觀的) 관점(觀點)과
의지(意志)의 지향성(志向性)을 갖게 함으로,
이러한 결과는,
다양한 빛깔의 사상적(思想的) 삶을 지향하는
그 시대와 사회적 다양한 삶의 모습으로
펼쳐지게 된다.

철학(哲學)과 사상(思想)의 차이는,
철학(哲學)은,
무엇을 명확히 인식(認識)하거나 봄[見]에 대한
개념적(槪念的) 정의(正義)에 의한
논리적(論理的) 정의(定議)의 학문(學文)이며,

사상(思想)은,
무엇이든, 판단(判斷)하고 지각(知覺)하며
인식(認識)함에 있어
통일(統一)되거나 획일화(劃一化)된
주관적(主觀的) 의지(意志)의 개념(槪念)이다.

개념(槪念)이란,
인식(認識)과 판단(判斷)의 주관적 사상(思想)과
의지(意志)의 생각이다.

철학(哲學)의 세계는
무엇을, 명확히 인식(認識)하고 보는 것이
무엇이며, 어떤 차원이냐에 따라
그 철학(哲學)의 세계와
그 철학(哲學)의 깊이, 차원(次元)이 다름이니,

철학(哲學)의 영역은
형이하학(形而下學)으로부터
형이상학(形而上學)에 이르기까지 다양함으로,

이는,
물(物)과 심(心)과 삶의 세계인,
존재의 근원(根源)과 만물(萬物)의 섭리로부터
사물(事物)과 의식(意識)의 다차원에 이르기까지
삶과 사고(思考)의 모든 영역에 이르므로
철학(哲學)의 세계는 광범위하며
다차원적(多次元的)이다.

철학(哲學)의 정신(精神)인,
진실(眞實)과 정의(正義)의 사고(思考)는
무한히 열린 궁극(窮極)을 향함으로

철학(哲學)의 세계는,
불분명한 것에 대해 명확히 규명(糾明)하고
사고(思考)에 대한 정의(正義)를 명확히 하며
개념(槪念)을 명확히 정립(正立)함으로,
불분명(不分明)한 세계에 대해 명확히 밝혀
다양한 세계에 대한 안목과 인식을 확립하고,

정립(正立)하여 규정(規定)하며, 정의(正義)함이니,

그러므로,
철학(哲學)의 사고(思考)는,
미혹(迷惑)의 안목(眼目)을 일깨우고
밝은 의식(意識)의 세계에 눈뜨게 하며
지혜(智慧)의 세계를 깨닫게 하고
지식(知識)의 욕구를 만족하게 한다.

그러므로, 철학(哲學)은,
인간의 사고(思考)를 무한 세계로 이끌고,
목적한바, 명확한 정(正)의 도출(導出)을 위해
끊임 없는 사유(思惟)와 사고(思考)의 확장은,
의식(意識)의 발달과 사고(思考)의 차원과
삶의 의식사회(意識社會)를 진화(進化)하게 한다.

그러나,
철학(哲學)이라, 이름하며,
다양한 논리(論理)로 규정(規定)하고 전개하여도,
만약, 명시(明示)하는바 주체(主體)인
그 철학(哲學)의 실체(實體)에 대해
명확히, 그 궁극의 요체(了體)를 밝게 가름하는

명료(明了)한 바른 지혜(智慧)를 갖지 못하면,

그 철학(哲學)의 정의(正義)와
그 개념(概念) 정의(定義)의 논리(論理) 세계가
명확히, 완전함을 다한 것이 아니므로,
더 진화(進化)한 정신차원지혜(精神次元智慧)의
밝고 명확한 상위지혜(上位智慧)에 의해,
그 철학(哲學)의 정의(正義)와
그 개념(概念) 정의(定義)의 논리(論理) 세계가
파괴(破壞)된다.

철학(哲學)의 세계는,
지식(知識)과 관념(觀念)과 이론(理論)과
분석(分析)과 유추(類推)와 추론(推論)과
지혜(智慧)와 설정(設定) 등으로 이루어지므로

어떤 철학(哲學)을 접하든,
그 철학(哲學)의 허(虛)와 실(實)을 명료히 깨닫는
명확한 바른 지혜(智慧)의 안목(眼目)이 중요하다.

철학(哲學)도,

지식(知識)과 관념(觀念)에 속한 철학이 있으며,
지식(知識)과 관념(觀念)의 세계를 초월(超越)한
철학(哲學)이 있다.

그러므로, 철학(哲學)도,
다양한 계통(系統)과
그에 따른 종속(從屬) 관계의 여러 갈래가 있으며,
또한, 철학(哲學) 주체(主體)의 명시(明示)에 따라
다양한 차별의 여러 차원(次元)도 있으므로,
그에 따라, 다양한 가치(價値)의 세계도 있으며,
또한, 그 속에는
깊고 얕은 다양한 차별과 관점(觀點)의
허(虛)와 실(實)의 세계도 있다.

그러므로,
철학이라 하여, 다 옳은 것이 아니며
철학이라 하여, 다 바른 정의(正義)가 아니며
철학이라 하여, 다 바람직한 옳은 지혜(智慧)는
아니다.

단지, 철학(哲學)에서 명시(明示)하는바
무엇이든, 그 실체(實體)의 궁극을 요달(了達)해,

그 요체(了體)를 바로 명료(明瞭)히 봄이
곧, 바른 지혜(智慧)이니,

만약, 그 지혜(智慧)가,
궁극(窮極)을 다해 밝게 요달(了達)하여
분명하고, 명확한 완전한 지혜(智慧)이면,
그 완전한 지혜(智慧)는 파괴(破壞)되지 않으므로
그 정의(正義)가 곧, 진리(眞理)이며,
그 진리의 법도(法道)가 바른 정의(正義)이니,
그 정의(正義)가 곧, 진리(眞理)의 철학(哲學)이다.

그것이 무엇이든,
바른 진리(眞理)의 철학(哲學)은
선의(善意)와 이성(理性)을 일깨우는 지혜이므로,
모두 어우른 삶의 세상을 행복하게 하는 것이니,
이 바름[正]은,
시대(時代)와 사회(社會)를 이끄는 정신(精神)이며,
그 사상(思想)은, 모두의 삶을 행복하게 하는
행복의 철학(哲學)이다.

이 철학(哲學),
진리(眞理)의 요체(要諦) 중심(中心)인
그 정의(正義)와 개념(槪念)과 정의(定義)가

진화(進化)하고, 향상(向上)하며, 거듭 발전하여
무한을 향해 승화(昇華)할수록
오직, 궁극(窮極)의 한 곳으로 향하니,

그것은,
우리 모두가 하나로 어우른
지고(至高)한 무한 행복(幸福)이며,
한 어우름이 무한 축복(祝福)인 사랑의 세상이며,
우리 모두의 무한(無限) 이성(理性)과
무한(無限) 정신(精神)이 열린
행복(幸福)의 세상(世上)이다.

사고(思考)의
이성(理性)이 깨어나고,
의식(意識)과 정신(精神)이 진화(進化)함으로,
철학의식(哲學意識)과 철학정신(哲學精神)은,
다차원(多次元)에서,
일체(一切) 초월차원(超越次元)의
초월세계(超越世界)로 향하니,
철학(哲學)의 궁극, 최상위철학(最上位哲學)은,
의식(意識)과 사고(思考)의 다차원(多次元)인,
차별차원(差別次元)의 차별의식(差別意識)세계를

초월(超越)하여,
생명(生命)의 궁극(窮極)과
생명(生命), 근원(根源)의 근본(根本)으로
향함으로,

철학지혜(哲學智慧)의
최상(最上) 절정(絶頂), 궁극(窮極)은,
근원적(根源的) 완전한 생명(生命)과
생명(生命)의 완전한 무한 정신(精神) 열림으로
향하게 된다.

철학(哲學)의 궁극(窮極)은,
이 우주(宇宙)의 근원(根源)이며, 근본(根本)인,
완전한 생명(生命)과 완전한 정신(精神)의
완전한 근본(根本), 확립(確立)에 이르기까지
진화발전(進化發展)하며,

철학(哲學)의 완전한 궁극(窮極)세계는,
이 우주(宇宙)의 근원(根源)이며, 근본(根本)인,
한 생명성(生命性), 근본(根本)에 이르기까지
진화(進化)하게 된다.

정신(精神)의 무한진화(無限進化)가
여기에까지 이르면,
자기의 성품 속에, 자기 생명성(生命性)을 모르는
무명종자의식(無明種子意識)인,
무명의식(無明意識)의 인자(因子)가,
곧, 자기(自己), 생명본성(生命本性)의
무한 불가사의 본연공덕충만성(本然功德充滿性)을
자기(自己), 스스로 파괴(破壞)하는,
악근악성(惡根惡性)의 인자(因子)임을
깨닫게 된다.

왜냐하면,
이 무명인자의식(無明因子意識)은,
자기(自己),
생명본성(生命本性)을 자각(自覺)하지 못하므로,
이 우주(宇宙)의 섭리(攝理)이며, 상생작용인,
한 성품, 한 생명 무한생생(無限相生)의 어우름인,
일체총화(一切總和)의 어우름을 파괴(破壞)하는
분열의식(分裂意識)을 생성(生成)함으로,
자기생명(自己生命) 본성(本性)의
무한충만공덕성(無限充滿功德性)을 파괴하는
그 결과(結果)는,

자기생명(自己生命) 본성(本性)의,
본연공덕충만성(本然功德充滿性)을 잃음으로,
이는, 자기생명(自己生命) 본성(本性)의
무한 축복(祝福)과 무한 행복(幸福)을 잃는,
무명인자(無明因子)에 의한 악근악성(惡根惡性)의
과보(果報)인,
괴로움의 과보(果報)를 받게 된다.

철학의식(哲學意識)과
철학정신(哲學精神)의 성장발달(成長發達)로,
다차원(多次元)의
분열의식세계(分裂意識世界)로부터
일체(一切) 초월차원(超越次元)의
초월세계(超越世界)인,
생명본성(生命本性)에 이르기까지 진화(進化)하면,

철학(哲學)의 무상정점(無上頂點),
그 무한(無限) 궁극(窮極)이 향하는 곳은
오직, 한곳으로 향하게 되니,
그것은,
일체생명(一切生命), 일체존재(一切存在)가
한 성품, 한 생명성(生命性)의 진리(眞理)이며,

무한상생조화(無限相生造化)의 어우름인,
무한 열린, 일체총화(一切總和)의 세계에까지
이르니,

이 철학(哲學)은, 오직,
한 성품, 한 생명성(生命性)의 어우름,
무한 축복(祝福)의
무한(無限) 정신(精神)이 열린,
무한상생무궁조화(無限相生無窮造化)의 한 성품,
무한(無限), 일체총화(一切總和)의 세계이다.

이성(理性)과 지성(智性)과 정신(精神)과
철학(哲學)과 정의(正義)가
무한(無限) 궁극(窮極)으로 향할수록,
그 향하는 곳은, 오직, 하나의 귀결점(歸結點),
한 진리(眞理)의 성품에 이르게 되니,
그것은,
곧, 너나 없는, 불가사의 한 생명성(生命性)이다.

만약,
이성(理性)과 지성(智性)과 정신(精神)과
철학(哲學)과 정의(正義)가

아직, 여기에까지 이르지 못했다면,

그,
이성(理性)과 지성(智性)과 정신(精神)과
철학(哲學)과 정의(正義)는,
분열의식(分裂意識)의 다차원(多次元) 속에 있는,
차별의식(差別意識)의 이성(理性)과 지성(智性)과
정신(精神)과 철학(哲學)과 정의(正義)의 세계이다.

만약,
이성(理性)과 지성(智性)과 정신(精神)과
철학(哲學)과 정의(正義)가
분열의식(分裂意識)의 다차원(多次元)세계를
벗어나,
일체(一切) 초월차원(超越次元)에 이르면,

분열의식(分裂意識)의 세계인,
차별의식(差別意識)의 다차원(多次元)세계의
이성(理性)과 지성(智性)과 정신(精神)과
철학(哲學)과 정의(正義)가,
생명본성(生命本性)의 하위철학(下位哲學)과
하위정신개념(下位精神槪念)임을
깨닫게 된다.

이(是),
우주(宇宙)의 지극(至極)한 진리(眞理)이며,
생명성(生命性)의 순수 섭리(攝理),
오직, 유일(唯一)의
명(命),
그 진실(眞實)은,
생명(生命)의 무한(無限) 정신(精神)이 열린,
모두가 하나로 어우른 무한(無限) 축복(祝福)으로,
모두 행복(幸福)한
무한 일체총화(一切總和)의 삶인,
무한 행복(幸福)의 세상이다.

이는,
곧, 범(凡)을 초월(超越)한
성(聖)의 세상이며,
범(凡)의 차별행복(差別幸福)을 초월(超越)한
성(聖)의 무한행복(無限幸福)의 세상이다.

이는,
즉(卽), 일체(一切)가 불이(不二)이며,
모두,
불이(不二)의 하나로 어우른

무한(無限) 축복(祝福),
무한(無限) 일체총화(一切總和)의 삶이며,
일체(一切)가 불이(不二)로
모두 행복한, 무한(無限) 행복(幸福)의
세상이다.

2. 예(禮)

예(禮)는,
이성(理性)과 지성(知性)이 총화(總和)를 이룬
성숙(成熟)한 정신(精神)의 행(行)이다.

예(禮)는,
이성(理性)이 열린 아름다운 모습의 행(行)이며,
지성(知性)이 두루 조화(調和)를 이루는
인격(人格) 승화(昇華)의 정신(精神)이 피어난
행(行)이다.

예(禮)는,
상대(相對)를 존중(尊重)하고
관계(關係)를 조화(調和)롭게 하며
사회적 삶의 가치를 상승(上昇)하게 하는 행이니,

예(禮)는,
삶의 정신을 숭고하게 만들고
자기의 인격(人格)과 가치를 돋보이게 하며
마음 다스림의 정신(精神)을 아름답게 하고
인간의 삶을 순수하고 향기롭게 하며
이성(理性)과 지성(知性)이 성숙한 사회를 만들고
예(禮)를 존중(尊重)하는 아름다운 정신은
선의(善意)의 정신을 성숙하게 하며
사람과 사회의 정신(精神)을 선(善)하게 만들고
서로 사회성의 아름다운 조화(調和)를 형성하며
삶이 아름다운 행복세상을 만들어 간다.

그러므로,
예(禮)를 잃으면,
삶이, 정(情)이 메말라 삭막하고
인격(人格)이 부족한 삶을 살게 되며
마음 다스림의 자기 행위가 성숙하지 못하고
이기적(利己的)인 삶과 사회가 되며
이성(理性)과 정의(正義)를 존중(尊重)하지 않는
삶과 사회가 되고
서로를 존중(尊重)하는 아름다운 정신이 없으며
삶과 사회의 정신이 선(善)을 지향하지 않고
서로 어우르는 삶의 아름다운 순수 모습인

상생(相生)과 조화(調和)를 상실하며
삶이 행복한 아름다운 세상이 되지 않는다.

예(禮)를 잃으면,
예(禮)만 잃는 것이 아니다.

예(禮)를 잃음이
곧,
자기의 인격(人格)을 잃음이며
자기의 가치를 상실하고
자기의 마음 다스림의 부족함이 드러나고
자기의 성숙하지 못한 인간성이 나타나며
자기의 인생 배움의 부족함이 드러나고
상대를 배려하거나 존중하지 않는 어리석음이나
교만(驕慢)함이 나타나며
삶의 지혜(智慧)와 안목(眼目)이 성숙하지 못한
자신의 부족함이 드러나고
아직, 부족한 자기 자신을 돌아보지 못하는
미숙(未熟)한 마음 씀이 나타난다.

인간(人間)의 의식(意識)과 정신(精神)은

의지(意志)와 노력에 따라 무한 진화(進化)하며,
의식(意識)의 성장(成長)과
정신(精神)의 상승(上昇) 차원(次元)에 따라
자기(自己)의 가치(價値)는 무한(無限) 진화(進化)
한다.

상대(相對)에게 존중(尊重)을 받고 싶으면
상대(相對)를 존중(尊重)해야 한다.

이것은,
당연(當然)한 순리(順理)이며,
섭리(攝理)이다.

누구나,
상대(相對)가 나를 대하는 마음 씀의
정도(程度)에 따라
내가 그 사람을 대하기 마련이다.

그러므로, 누구나,
상대(相對)에게 존중(尊重)을 받고 싶으면
내가, 그 사람을 존중(尊重)해야 한다.

상대(相對)를 존중(尊重)하는 것에도
의식(意識)의 성장(成長)과
이성(理性)과 지성(知性)이 열린 안목(眼目)과
마음 다스림의 성숙(成熟), 정도(程度)에 따라
상대(相對)를 배려하고 존중(尊重)하는
그 마음 씀의 깊이가 다르다.

자기(自己)의 행위는
곧,
자기 가치(價値)이며
자기 이성(理性)이 열린 의식(意識)의 상태이며
자기 지성(知性)을 갖춘 인성(人性)의 상태이며
자기 사리(事理) 분별의 안목(眼目)이며
자기 인격(人格) 성장(成長)의 모습이며
자기 관리(管理)의 수준이며
자기 습관(習慣)의 모습이며
자기 사회성(社會性)의 눈높이며
자기 삶의 모습이다.

행(行)에는,
심신(心身)의 행(行)이 있음이니,
마음의 행(行)은, 의식(意識)의 작용이며,

몸의 행(行)은, 의식(意識)작용의 표출(表出)이다.

사람의 가치는 평등하여
귀천(貴賤)이나, 상하(上下)의 차별이 없어도,
이성(理性)이 열린 의식(意識)의 차원(次元)과
마음 씀이 드러나는 행(行)의 가치(價値)와
삶 속의, 자기 역할(役割)과 역량(力量)에 따라
인품(人品)과 사회적 가치는 같을 수가 없다.

사람이냐, 보다
어떤 사람이냐가 중요하며,

어떤 사람이냐, 보다
어떤 인품(人品)과 어떤 가치(價値)의 사람이냐가
사람의 관계와 삶의 사회 속에는
더욱 중요하다.

삶은,
서로 어우름 속에
상생(相生)과 조화(調和)를 도모하고,
서로 위하는 일상(日常)의 관계(關係) 속에

삶의 행복사회를 가꾸어감이
삶의 순수 모습이다.

그러나,
이러한 선의지적(善意志的) 정신을 갖지 않으면
서로 상생(相生)과 조화(調和)를 도모해야 하는
선의적(善意的) 어우름 관계의 사회성을 상실하여,
그 삶과 사회는 선의지(善意志)를 잃으므로
서로 이기적(利己的)인 생각과 관계 속에
삶의 행복사회를 위한 단순한 순리이며 섭리인
서로 의지하고 위하는 존재적 삶의 상생(相生)과
어우름 관계의 총화(總和) 속에 이루어지는
행복사회를 위한 당연한 섭리를 생각지 않으므로
서로를 위한 삶의 사회가 이기적인 사회가 된다.

삶은, 누구나 행복을 지향하고
삶의 과정은, 행복을 위한 노력의 시간이며
삶은, 서로 어우르는 상생(相生) 존재의 삶이며
행복은, 어우름 속에 피어나는 기쁨이다.

그러나,
이성(理性)이 밝게 깨어나지 못하고

의식(意識)의 안목이 전체를 아우르지 못하면
사고(思考)가 확장하지 못하여
무엇이든, 자기 욕심(慾心)과 욕구(慾求)에 가려
삶의 시각(視角)과 시선(視線)이 편협하여
자기 욕구(慾求)를 위한 이기적인 생각에 젖어,
존재의 근본 섭리이며, 순리의 삶이
한 어우름의 상생(相生)과 조화(調和)에 있음을
깊이 자각하고 깨닫지 못함으로,
자기 욕망의 이기적인 생각에 젖은 행위는
전체가 어우르는 삶의 존재 섭리인
상생(相生)과 조화(調和)를 잃게 되므로,
그 결과는, 자기 삶의 행복을 잃을 뿐만 아니라,
삶의 한 어우름 운명공동체(運命共同體)인
아름다운 행복사회를 상실하는 결과를 초래하며,
한 어우름 삶의 행복과 기쁨을 잃게 된다.

예(禮)는,
삶의 순리(順理)이며
삶의 아름다운 모습이며
이성(理性)이 성숙한 인간의 순수 모습이며
삶의 행복을 추구하는 지성(知性)의 아름다움이며
인간이 추구하는 행복의 이상(理想)세계인

행복사회의 기본 마음가짐과 정신의 자세이며
성숙한 마음과 인간 삶의 아름다운 정신문화이다.

인간(人間)이,
인간다운 아름다움이 있음은
예(禮)를 받들고, 공경(恭敬)하기 때문이며,

인간의 삶이 아름다운 것은,
예(禮)의 숭고한 정신이 살아 있기 때문이며,

삶의 사회가,
행복사회가 되는 유일한 길은
예(禮)를 존중하는 정신이 살아 있는 사회이다.

그러므로,
예(禮)를 잃으면,
삶의 행복도 잃으며
행복사회의 꿈도 잃게 된다.

왜냐면,
예(禮)는, 서로의 관계를 아름답게 하고
삶을 아름답게 하는, 한 어우름의 사회적 관계의

기본 행복의 정신이기 때문이다.

예인(禮人)은,
서로 존중(尊重)함을 잃지 않고
아름다운 상생(相生)의 조화(調和)를 잃지 않으며
어우름이 행복한, 삶의 모습을 잃지 않는다.

예(禮)는,
마음가짐과 정신과 행(行)을 성숙하게 하고
인간의 삶과 가치를 상승하고 돋보이게 하는
이성(理性)과 지성(知性)의 숭고한 가치의 행위인
총화(總和)의 모습이기 때문이다.

예(禮)는,
곧,
존중(尊重)이며
상생(相生)이며
화합(和合)이며
조화(調和)이며
평화(平和)이며
이성(理性)이며
지성(知性)이며

행복(幸福)이며
감사(感謝)이며
진선미(眞善美)의
아름다운 정신의 모습이며
삶이 행복한, 순수 정신의 아름다움이다.

3. 언어(言語)

개인(個人)이,
한 어우름의 공동사회(共同社會)에서
삶을 함께할 수 있는 것은,
서로 소통(疏通)하며
자기의 뜻을 전달하는, 언어(言語)가 있기
때문이다.

개인(個人)과 개인(個人)이
서로 어우를 수 있는 것은,
함께 소통(疏通)하는, 언어(言語)가 있기 때문이다.

더불어,
삶을 함께하는 공동사회(共同社會)를
형성하는 것에는
서로 소통(疏通)하는 언어(言語)가 있기 때문이다.

개인(個人)과 사회(社會)가
한 어우름, 상생(相生)의 하나로 연계(連繫)됨은
서로 소통(疏通)하는 언어(言語)가 있기 때문이다.

하루의 삶은,
자기의 생각과 뜻하는 바를 서로 소통(疏通)하는
언어(言語)의 일상(日常)이다.

눈에 보이는 상대의 몸짓 하나가
자기의 뜻을 표현하고, 전달하고자 하는
몸의 언어(言語)이며,

귀에 들리는 상대의 소리 하나가
자기의 뜻을 표현하고, 전달하고자 하는
소리의 언어(言語)이며,

다양한 곳에 새겨진 수많은 글들이
다, 자기의 뜻을 표현하고, 전달하고자 하는
소통(疏通)의 언어(言語)이다.

그,

어떤, 생명체이든
그 관계와 그 사회에는
그들이 소통(疏通)하는 언어(言語)가 있으니,
몸짓이든, 소리이든, 피부의 부딪힘인 촉각이든,
빛깔이든, 향기이든, 그들만이 소통(疏通)하는
표현의 언어(言語)가 있기 마련이다.

서로,
소통(疏通)의 언어(言語)가 없으면
서로 한 어우름인 공동체의 관계 형성과
사회성 관계의 어우름이 이루어지지 않는다.

삶의 관계는
서로 소통(疏通)하는 어우름인
언어(言語)의 소통(疏通)으로 비롯되며,

관계의 아름다움은
서로 뜻을 존중(尊重)하고 소통(疏通)하는
한 어우름의 융화(融和)에 있다.

언어(言語)의 가치는

그 활용도(活用度)에 따라
그 가치(價値)가 무한(無限)하며,

언어(言語) 활용(活用)의
의식(意識) 수준의 상승(上昇)과
정신적(精神的) 진화(進化)의 차원에 따라
언어(言語) 활용(活用)의 차원적 가치(價値)는
더욱 차원적으로 진화(進化)하며 돋보이고,

언어(言語)의 오묘(奧妙)한 뜻과
언어(言語)의 심오(深奧)한 가치(價値)의 향기는,
섬세한 정신차원의 빛깔에 따라
더없이 아름답고, 섬세한 차원으로 승화하며,
그 뜻과 의미가 숭고하기도 하다.

언어(言語)의 가치는
무한 세계의 정신승화(精神昇華)에 이르기까지
그 의미와 뜻의 가치가 무한히 열리어
섬세한 무한 빛깔로 승화(昇華)하여
빛나게 된다.

이(是), 무한 빛깔,

언어(言語)는,
진리(眞理)의 세계를 밝히기도 하며
이상(理想)의 행복세계를 드러내기도 하고
정신(精神) 승화(昇華)의 세상으로 이끌기도 하며
삶이 아름다운 시(詩)의 세상을 만들기도 하고
다양한 삶의 빛깔, 섬세한 모습과
그 역사(歷史)와 다양한 정신 문화를 기록하기도
한다.

언어(言語)는,
단순한 소통(疏通)의 도구가 아니라
살아 있는 생명작용의 표현으로
생명 파동의 울림인 감성(感性)과 감정(感情)과
무수 다양한 생명 빛깔의 의식(意識)이 흐르는
살아 있는, 생명 숨결의 표현(表現)이다.

이(是),
언어(言語)의 표출은,
물적(物的), 심적(心的), 어떤 상태(狀態)나
어떤 의도(意圖)한 바를 손상(損傷) 없이 섬세히
고스란히 그대로, 상대에게 전달하고자 하는
표현(表現)이니,

언어(言語)에는,
무엇을 표현하고자 하는 어떤 행위(行爲)나
무엇을 전달하고자 하는 말과 글이나
무엇을 인식(認識)시키고자 하는 형태적(形態的)
기호(記號)나 표시, 그림 등이다.

언어(言語)는,
자기의 뜻을 나타내는
소통(疏通)의 표현(表現)이니,

어떤,
표현(表現)과 형태(形態)의 언어(言語)이든
그 표현(表現)의 언어(言語)를 이해하지 못하면
상대(相對)가 전달하고자 하는 바의 뜻을
명확히 이해할 수가 없다.

언어(言語)는
다양한 관점(觀點)에서 살펴볼 수가 있다.

언어(言語)는
다양한 특성의 성질을 지니고 있으며,

또한, 섬세한 의식(意識)의 빛깔과 다양한 차원의
차별의 언어가 있다.

언어(言語)의 다양성 속에는
보편적(普遍的) 성질의 계통 언어(言語)와
평행적(平行的) 성질의 계통 언어(言語)와
수직적(垂直的) 성질의 계통 언어(言語)와
차원적(次元的) 성질의 계통 언어(言語)와
전문적(專門的) 성질의 계통 언어(言語)와
특수성(特殊性) 성질의 계통 언어(言語) 등이
있다.

보편적(普遍的) 성질의 계통 언어(言語)는,
보편적(普遍的) 인식사회(認識社會)의 세계에서
누구나 그 뜻을 인식하고, 이해하며, 알 수 있는
보편적 소통(疏通)의 언어(言語)이다.

이를테면,
형태(形態)나 물질적(物質的) 표현인,
우주, 하늘, 태양, 달, 별, 구름, 땅, 바다, 밤낮,
인류, 세계, 국가, 국민, 삶, 꽃, 향기, 등이며,

심리(心理)나 정신적(精神的) 표현인
행복, 사랑, 마음, 평화, 아름다움, 생각, 기쁨,
등이다.

평행적(平行的) 성질의 계통 언어(言語)는,
한 환경 속에서,
서로 성질과 또한, 상태가 다름을 나타내는
언어(言語)이다.

이는,
보편적(普遍的) 성질 속에서도
그 종류와 형태와 모습이 다름을 나타내는
차별성의 언어(言語)이니,

이는,
우주에도 각각 다른 우주의 세계가 있으며
하늘에도 동서남북과 높고 낮음의 차별이 있으며
땅에도 산과 바다 등, 자연생태계에 따른 변화 등
각각 형태와 성질이 다른 차별이 있으며,
인류, 세계, 국가, 국토, 국민, 문화, 꽃 등에도
각각 그 종류와 상태의 차별성을 나타내는
언어(言語)이다.

또한,
눈에 보이는 사물(事物)의 종류와 형태와 모습이
다름을 나타내는 언어(言語)와
귀에 들리는 소리의 종류와 형태와 모습이
다름을 나타내는 언어(言語) 등,
인식(認識)하고 감각하는 사물의 차별세계의
언어(言語) 등이다.

수직적(垂直的) 성질의 계통 언어(言語)는,
한 사물, 한 생태, 한 영역, 한 환경 속에서도
서로 다른, 깊고 얕음의 차별성을 나타내는
언어(言語)이다.

차원적(次元的) 성질의 계통 언어(言語)는,
서로 차원(次元)이 다른 영역의 언어(言語)로,
만약, 차원(次元)이 다른 언어(言語)는
그 차원(次元)의 영역에 속한 언어(言語)이며,
또한,
같은 한 언어(言語)이어도,
그 언어(言語)의 쓰임이,
물질적(物質的), 의식적(意識的), 정신적(精神的),
차원(次元)이 다르면,

같은 한 언어(言語)이어도
그 언어(言語) 쓰임의 차별 차원(次元)에 따라
그 언어(言語)가 의미하는바 뜻과 성질의 차원이
달라진다.

전문적(專門的) 성질의 계통 언어(言語)는,
어떤, 전문(專門) 영역의 언어(言語)로,
그 전문적(專門的) 영역 외에는 필요하지 않거나
사용하지 않는 언어(言語)이다.

특수성(特殊性) 성질의 계통 언어(言語)는,
어떤, 특정한 상태나 영역의 비밀어(秘密語)나
또는,
물질적(物質的), 정신적(精神的), 환경적(環境的)
어떤 특정한 상태를 드러내는 언어이기도 하며,
또한, 그 상태를 경험하거나 알아야만 이해하고
그 뜻을 알 수 있는 언어(言語) 등이다.

그러므로,
물질적(物質的), 정신적(精神的), 환경적(環境的)
상황(狀況)과 성질(性質)과 생태(生態)에 따라
그 뜻하는 바를 전하고, 표현하며,

소통(疏通)하고자 하는
다양한 상황(狀況) 특성의 언어(言語)가 있음이니,

그,
언어(言語)의 다양성(多樣性)에는
보편적(普遍的), 평행적(平行的), 수직적(垂直的),
차원적(次元的), 전문적(專門的),
또는, 특수성(特殊性)에 속한 성질과 계통의
다양한 차원에 속한 차별 성질의
언어(言語) 등이 있다.

왜냐하면,
언어(言語)의 영역은,
다양한 차별의 물질세계와 의식세계의 현상과
정신적 다양한 심리(心理)의 차원과
우주의 비밀스러운 불가사의 차원에 이르기까지,
또한,
그 현상의 일체세계(一切世界)를 초월(超越)하여
의식(意識)을 초월(超越)한
무한차원(無限次元)의 영역세계에 이르기까지
그 영역의 차원과 세계가 무한 무진(無盡)이며
불가사의이기 때문이다.

그러나,
어떤 언어(言語)이든
그 언어(言語)의 가치(價値), 중요한 역할은,

나, 진실한 뜻을
너, 진실로 이해하며 알아주기를 바라고,

또한,
너, 진실한 뜻을
나, 진실로 이해하며 알아주기를 바라는
그 마음과 뜻을 전하는 것이니,

만약,
나, 너를 이해하지 못하고
너, 나를 이해하지 못하면,
그 어떤 언어(言語)가 있어도
그 언어(言語)의 소중한 가치(價値)를 잃음이니,

언어(言語)는,
한 어우름 삶의 세상을
더 없이 소중한 행복세상으로 만들기 위해
오랜 세월, 대대(代代)로 심혈(心血)을 기울여
많은 이들의 경험과 지식과 지혜의 총화(總和)로

창조(創造)한,
이 세상의 보물(寶物) 중에서
너와 나, 우리 모두 어우름의 세상 삶에
없으면 안 되는 제일 소중한
보물(寶物) 중에도
보물(寶物)이다.

만약,
언어(言語)가 없으면
단 하루의 삶이라도 행복할 수가 없고,
너와 나, 우리 모두의 존재와 삶의 그 의미는
너와 내가 서로의 뜻을 이해하고
소통하는 언어(言語)로부터
비롯된다.

4. 마음의 이명(異名)

마음은
한순간도 멈춤 없이 작용한다.

만약,
작용이 없으면, 마음이 아니며,
마음이 한순간도 멈춤 없이 작용함으로
끊임없는 사물(事物)의 변화를 인식(認識)하며,
끊임없는 시(時)의 흐름 속에
삶이 이루어지고 있다.

끊임없는
변화의 상황을 따라
마음은 끊임없이 작용하며,

끊임없는

변화의 상황(狀況)을 인식(認識)함이
곧, 마음의 작용이다.

만약,
마음의 작용이 없으면
끊임없는 상황(狀況)의 변화를 인식(認識)할
수가 없다.

사물(事物)이
끊임없이 변화함은
곧, 마음의 작용이 끊임이 없음이다.

마음이 가만히 있는데
사물(事物)이 변화하는 것이 아니다.

사물(事物)이 끊임없이 변화함이
시(時)의 흐름이며,

사물(事物)이 변화하며
시(時)의 흐름이 끊임없이 흐름을 인식함이
곧, 마음의 작용이 있음이다.

만약,
마음의 작용이 없으면
사물(事物)의 변화를 인식(認識)할 수가 없으며,

또한,
시(時)의 흐름이 끊임없음을 인식(認識)할 수가
없다.

끊임없이 맞닿는
상황(狀況)의 변화에, 뜻에 따라 대처하는 행위가
곧, 삶의 연속이다.

그러므로,
삶은 잠시도 멈추어 있지 않으며,
잠시도 멈춤 없는 삶의 흐름이
곧, 삶이 흐르는 시간이며,
삶의 세월이다.

그러므로,
마음은 끊임없이 작용하며,
끊임없는 작용의 다양한 마음의 변화에 따라
그 마음 상태의 성품이 달라짐이니,

그 마음 상태의 차별 특성에 따라
그 마음을 이름하고, 일컬음이 다르다.

비유하면,
물의 상태에 따라 이름함이 다름이니,
기체(氣體)일 때에는 수증기(水蒸氣)라 하고
액체(液體)일 때에는 물[水]이라고 하고
고체(固體)일 때에는 얼음[氷]이라고 한다.

또한,
물의 상황(狀況)에 따라 이름함이 다르니,
물의 미세 알갱이들이 모여
하늘에 떠 있으면 「구름」이라 하고,
하늘의 찬 기후에 물 알갱이가 엉겨 얼어 내리면
눈[雪]이라 하며,
공기 중, 물 알갱이들이 나뭇잎에 맺힌 물방울을
「이슬」이라고 하고,
하늘에서 물방울이 내리면 비[雨]라고 한다.

똑 같은 비[雨]이어도,
봄에 비가 내리면 「봄비」라 하고

여름에 비가 내리면「여름비」라 하며
가을에 비가 내리면「가을비」라 하고
겨울에 비가 내리면「겨울비」라고 한다.

또한, 물방울이나,
비[雨]의 상황(狀況)과 상태(狀態)에 따라
이름함이 다름이니,

밤에 비가 내리면「밤비」라고 하고,

물의 작은 알갱이들이 모여 지표면에 쌓여
시야(視野)를 가리는 것을 일러「안개」라고 하며,

빗방울이 한 방울 한 방울 시작될 때
몇 방울 떨어지는 비는「비꽃」이라고 하고,

안개처럼 물 알갱이가 눈에 보이지 않게
내리는 비는「안개비」라고 하며,

안개보다 조금 굵은 비는「는개」라고 하고,

아주 가늘게 이슬처럼 내리는 비는
「이슬비」라고 하며,

바람이 없는 날, 비 알갱이가 보슬보슬
조용히 내리는 비는「보슬비」라고 하고,

이슬비보다 좀 굵고 가늘게 내리는 비는
「가랑비」라고 하며,

장대처럼 굵은 빗줄기로 세차게 쏟아지는 비는
「장대비」라고 하고,

햇볕이 비치어 맑은 날, 잠깐 뿌리는 비는
「여우비」라고 하며,

갑자기 세차게 쏟아지다가 곧, 그치는 비는
「소나기」라고 한다.

또한,
샘의 물줄기에서 물이 나와 고인 물을
「샘물」이라고 하고,

물방울이 모여, 계곡을 따라 흐르는 물은
「계곡물」이라 하며,

여러 계곡물이 흘러 모이어, 강을 따라 흐르면
「강물」이라고 하고,

여러 강물이 흘러, 바다에 모이어 하나가 되면
「바닷물」이라고 한다.

물도,
상황(狀況)에 따라 그 이름함이 다르듯,

마음 또한,
상황(狀況)의 변화나 상태(狀態)에 따라
차별이 있어, 이름함이 다르다.

물의 상태에 따라, 그 물을 이름함이 다르나,
이름이 다르다 하여, 물 아님이 아니듯,
마음 또한, 그 상태에 따라 이름이 다르나,
이름함이 다르다 하여, 마음 아님이 아니다.

그러나,
마음을 이름함이 다름은,
마음의 어떤 상황(狀況)이나
마음의 어떤 작용의 상태(狀態)에 따라

그 마음 상태의 성질이 다르기 때문이며,
또한, 그 마음의 상태가 차별이 있기 때문이다.

그러므로,
마음의 상태나, 작용 성질의 속성(屬性)에 따라
그 마음을 이름함이 다르니,
그 마음작용의 성질, 속성(屬性)을 일컫는
그 마음 상태의 이름에 따라
그 마음의 변화나, 작용 특성의 상황(狀況)을
가름하게 된다.

일상적(日常的)
다양한 마음작용의 생각을 일러
념(念)이라고 한다.

념(念)은,
여러 성질의 마음과 특성을 분별하지 않고
다만, 마음작용의 생각을 통칭(通稱)하여
념(念)이라 일컬음이니,

념(念)에는
다양한 속성(屬性)의 성질을 가진

마음이 있다.

념(念)에는
의(意), 사(思), 상(想), 정(情), 감(感), 궁구(窮究),
분별(分別), 사유(思惟), 선(善), 악(惡), 욕(欲), 욕(慾),
연(戀), 증(憎), 망(妄), 진(眞), 긍정(肯定), 부정(否定)
등의 다양한 차별 특성의 성질과 작용 등, 여러 상황변
화의 모습, 상태(狀態)의 마음이 있다.

의(意)는,
의미(意味)의 뜻과
생각을 일으킨 바의 뜻이다.

의미(意味)의 뜻은
어떠한 뜻의 성질의 특성을 드러냄이며,

생각을 일으킨 바의 뜻이란
무엇에 의한 의지적(意志的) 작용의 생각이다.

사(思)는,

어떠한 새로운 것을 생각하거나
어떠한 새로운 것을 찾거나 깊이 생각하며
새로운 것을 향한 구상(構想)과 창조(創造)와
사고(思考)의 생각이다.

상(想)은,
마음의 상념(想念)이니,
마음에 어떤 것을 상상(想像)하거나
어떤 생각을 구상(構想)하거나
구체화(具體化)하여 그려보는 마음작용인
상(相)의 상념작용(想念作用)이다.

정(情)은,
생각과 감정(感情)이 융화(融化)된 마음작용이니,

생각은,
이러저러한 다양한 분별(分別)이며,

감정(感情)은,
다양한 상황의 분별심(分別心)이, 다양한 정(情)을
유발함이다.

상황(狀況)의 다양한 특성에 따라
그에 상응(相應)하는 생각과 감정에 의해
다양한 빛깔의 정(情)을 유발(誘發)하며,
유발(誘發)한 빛깔의 정(情)을 따라
그에 의한 다양한 성질의 특성을 가진 생각들이
펼쳐진다.

감(感)은,
다양한 상황(狀況)과 느낌에 의한 마음작용이니,

감(感)은,
외적(外的), 내적(內的) 상황에 의한 느낌의
마음작용으로,
다양한 빛깔의 감성(感性)과 감정(感情)에 따라
정적(情的) 다양한 빛깔의 마음작용이 일어난다.

감성(感性)은,
어떤 상황의 자극(刺戟)으로 느끼는 정적(情的)
내면(內面)의 수용 마음작용이며,

감정(感情)은,
어떤 상황(狀況)에 일어나는 좋아하고 싫어함과

그에 의한 취사(取捨)의 마음을 일어나게 하는
마음작용이다.

궁구(窮究)는,
어떤 것에 대해, 깊이 생각하고 사유(思惟)하며,
또한, 살피고, 유추(類推)하며, 추론(推論)하고,
원하는 결과를 얻기 위해, 추구(推究)함이다.

분별(分別)은,
무엇에 대해, 이리저리 생각하고 살핌이니,
이는, 어떤 것에 대해, 같고 다름과 옳고 그름과
좋고 나쁨과 싫고 좋음과 취하고 버림 등,
자기의 뜻 의향(意向)에 따라,
두루, 이모저모 이리저리 생각하며
분별(分別)하고, 또한, 선별(選別)하여 살핌이다.

사유(思惟)는,
어떤 목적을 가지고, 그 당면(當面)한 것이나
그 무엇에 대해 깊이 생각하고,
또는, 어떤 상태와 상황에 대해 바르게 알고자
면밀히 깊이 분석하며 생각하고,
그 원인과 결과에 대해 유추(類推)하고

또한, 추론(推論)하며,
그 어떤 것에 명확한 앎과 지혜를 얻기 위한
이치적(理致的)인 생각이다.

선(善)은,
긍정적 순리(順理)를 따르고, 융화(融和)하며,
상생(相生)과 선의적(善意的) 이로움을 위해
좋은 결과를 위한 목적의 각종 생각이다.

악(惡)은,
남을 생각하지 않는 이기적인 마음으로,
자신의 욕망(慾望)에 치우친 각종 생각에 젖어
상생(相生)의 행복을 외면한 탐욕(貪慾)과
남을 생각하지 않는 이기적인 욕심(慾心)으로
자기 욕구(慾求) 충족(充足)에만 치우쳐
남에게 해(害)가 되는 생각이다.

욕(欲)은,
무엇을 하고자 하는 의욕(意欲)을 가짐이니,
원함을 따라 목적(目的)을 설정하고 꿈을 가지며
새로운 마음으로 자신을 일깨우고 새롭게 하며
원하는 바를 위한 의지(意志)의 생각이다.

욕(慾)은,
무엇을 탐(貪)하고자 하는 탐심(貪心)이나
욕구(慾求)에 의한 욕심(慾心)의 생각이니,
이는, 자기 욕구(慾求)의 탐(貪)에 이끌린
욕념(慾念)의 생각들이다.

연(戀)은,
좋은 감정(感情)의 정적(情的) 그리움의 생각이니,
사람이든, 지난 추억이든, 어떤 환경의 상황이든
과거, 현재, 미래의 어떤 것이든
마음을 순수하게 하는 그리움의 각종 생각들이다.

증(憎)은,
그것이 무엇이든, 미워하거나 싫어하는
감정(感情)에 의한 생각들이다.

망(妄)은,
헛되거나, 삿되거나, 바르지 못한 것으로
이로움이 없는 부질없는 망념(妄念)의 생각이다.

진(眞)은,
진실이며, 거짓 없는 마음에서 일어나는
순수, 또는, 올곧은 마음의 생각이다.

긍정(肯定)은,
그것이 무엇이든,
옳거나, 자기 뜻에 맞아 수긍(首肯)하는 마음에
일어나는 생각들이다.

부정(否定)은
그것이 무엇이든,
옳지 않거나, 뜻에 맞지 않음에 대해 일으키는
생각이다.

념(念)에도
다양한 상황(狀況)과
다양한 빛깔의 마음에서 일어나는
다양한 성질과 특성의 생각들이 있다.

생각은,
곧, 마음의 상황(狀況)과 상태가 드러남이며,

마음의 상황(狀況)과 상태에 따라
일어나는 생각에 의해 행위(行爲)함이
곧, 행동(行動)이다.

행동(行動)은,
생각의 행위 전개(展開)이며,
생각이 모습으로 드러나는 행위(行爲)이다.

몸의 움직임 행위(行爲)는,
생각의 흐름대로 움직이는 꼭두각시와 같고,

생각의 다양한 빛깔의 성질은,
마음의 상태에 따라 일어나는 마음의 반응이며,

마음의 상태는,
어떤 상황(狀況)에 반응하는 현재심(現在心)이다.

현재심(現在心)은,
현재 상황(狀況)의 마음 상태이니,

현재 상황(狀況)의 마음 상태인
현재심(現在心)은,
여러 상황(狀況)에 복합적 반응하여 일어남이니,

이는,

자기 훈습(薰習)된 습관화(習慣化)와

현재(現在) 상황(狀況)에 상응하는 반응적(反應的)

자기심리(自己心理)와

자기(自己) 마음 씀의 됨됨이 인격(人格)과

이성(理性)과 감성적(感性的) 사고(思考)에 의한

각종 반응들이

복합적(複合的) 융화(融化)하여 나타남이

현재심(現在心)이다.

념(念)인,

생각의 흐름에도 다양함이 있으니

일념(一念), 념념(念念), 천념(千念), 만념(萬念),

사념(思念), 잡념(雜念), 망념(妄念), 사념(邪念),

상념(想念), 관념(觀念), 통념(通念), 욕념(欲念)

욕념(慾念) 등이 있다.

일념(一念)은,

한 생각이며,

또한, 한 생각이 끊임없이 이어져 흐름이다.

념념(念念)은,

생각과 생각들이며,

또한,

생각하고, 또, 생각함이 이어짐이다.

천념(千念)은,

한 생각이 끊임없이 이어짐이 천념(千念)이며,

또한, 천 가지 생각이 있음이 천념(千念)이다.

만념(萬念)은,

한 생각이 끊임없이 이어짐이 만념(萬念)이며,

또한, 만 가지의 생각이 있음이 만념(萬念)이다.

사념(思念)은,

어떤 새로움을 위한 생각이 이어짐이다.

잡념(雜念)은,

이러저러한 잡다한 생각들이 이어짐이다.

망념(妄念)은,

부질 없는 헛된 생각이 이어짐이다.

사념(邪念)은,

이롭지 못한, 삿된 생각이 이어짐이다.

상념(想念)은,
어떤 기억이나, 인식되는 것에 대해 생각함이다.

관념(觀念)은,
어떤 성질의 특성을 가진 생각이 이어짐이다.

통념(通念)은,
누구나 할 수 있는 보편적 생각이 이어짐이다.

욕념(欲念)은,
어떤 의지(意志)에 따라, 그 의지(意志)에 의한
생각이 이어짐이다.

욕념(慾念)은,
이기적(利己的)이거나,
자기욕구(自己慾求)에 치우친 생각이 이어짐이다.

또한,
마음의 상태에 따라
그 마음을 이름함이 다름이니,
그 마음을 이름함이
무심(無心), 진심(眞心), 일심(一心), 정심(正心),

정심(情心), 인심(人心), 천심(天心), 동심(童心),

선심(善心), 유심(有心), 초심(初心), 도심(道心),

작심(作心) 등이다.

무심(無心)은,

일컫는 상황(狀況)과

그 쓰임에 따라,

마음의 특성이나 성질이 다름이니,

아무 생각이 없는 멍한 무기심(無記心)도

무심(無心)이며,

무엇에도 관심(關心)이 없음도 무심(無心)이며

상관(相關)하지 않는 마음도 무심(無心)이며

뜻, 이외는 마음을 두지 않음도 무심(無心)이며

일체 초월(超越)의 마음도 무심(無心)이다.

진심(眞心)은,

그 쓰임에 따라, 의미가 다름이니,

진실(眞實)한 마음도 진심(眞心)이며

순수(純粹)한 마음도 진심(眞心)이며

올곧은, 바른 마음도 진심(眞心)이며

변함 없는 마음도 진심(眞心)이며

겉으로 드러나지 않는 속마음도 진심(眞心)이며

본성(本性)의 마음도 진심(眞心)이다.

일심(一心)은,
그 의미에 따라, 뜻이 다름이니
한 마음을 가짐도 일심(一心)이며
오직, 두 마음 없음도 일심(一心)이며
어떤 상황이든 변함 없음도 일심(一心)이며
의지(意志)가 꺾이지 않음도 일심(一心)이며
모두, 한 마음이 됨도 일심(一心)이며
본(本) 성품의 마음도 일심(一心)이다.

정심(正心)은,
다양한 상황의 정심(正心)이 있음이니,
올바른 마음도 정심(正心)이며
삿됨에 이끌림 없는 마음도 정심(正心)이며
옳은 순리(順理)를 따름도 정심(正心)이며
공정(公正)한 마음도 정심(正心)이며
무엇에 치우치지 않는 마음도 정심(正心)이며
본(本) 성품을 쓰는 마음도 정심(正心)이다.

정심(情心)은,
다양한 정심(情心)이 있음이니,
사랑하는 마음도 정심(情心)이며
화목(和睦)한 마음도 정심(情心)이며
용기(勇氣)를 주는 마음도 정심(情心)이며

상생(相生)의 마음도 정심(情心)이며
융화(融和)의 마음도 정심(情心)이며
행복(幸福)의 마음도 정심(情心)이며
평화(平和)의 마음도 정심(情心)이다.

인심(人心)은,
다양한 상황의 인심(人心)이 있음이니,
인격(人格)의 마음도 인심(人心)이며
예(禮)의 마음도 인심(人心)이며
존중(尊重)의 마음도 인심(人心)이며
겸손(謙遜)한 마음도 인심(人心)이며
교만(驕慢) 없는 마음도 인심(人心)이며
거만(倨慢) 없는 마음도 인심(人心)이며
자만(自慢) 없는 마음도 인심(人心)이며
진실(眞實)한 마음도 인심(人心)이며
상생(相生)의 마음도 인심(人心)이며
평화(平和)의 마음도 인심(人心)이며
의(義)로운 마음도 인심(人心)이며
선(善)한 마음도 인심(人心)이다.

천심(天心)은,
다양한 상황에 천심(天心)이라 일컬으니,
순수한 마음도 천심(天心)이며

때묻음 없는 마음도 천심(天心)이며
잡(雜)됨 없는 마음도 천심(天心)이며
욕심(慾心) 없는 마음도 천심(天心)이며
악(惡) 없는 마음도 천심(天心)이며
본(本) 마음도 천심(天心)이다.

동심(童心)은,
순수하고, 물듦 없는 마음을 일컬음이니,
아이의 마음도 동심(童心)이며
맑은 마음도 동심(童心)이며
번뇌(煩惱) 없는 마음도 동심(童心)이며
혼탁(混濁) 없는 마음도 동심(童心)이며
단순(單純)한 마음도 동심(童心)이다.

선심(善心)은,
남을 이롭게 하는 마음이 선심(善心)이니,
상생(相生)의 마음이 선심(善心)이며
조화(調和)의 마음이 선심(善心)이며
의(義)로운 마음이 선심(善心)이며
인의(仁義)의 마음이 선심(善心)이며
순리(順理)의 마음이 선심(善心)이며
진심(眞心)의 마음이 선심(善心)이다.

유심(有心)은,
생각이 있음이 유심(有心)이니,
뜻 있음이 유심(有心)이며
무엇에 머무름 있음이 유심(有心)이며
어떤 의지(意志)를 가짐이 유심(有心)이며
분별(分別) 있음이 유심(有心)이며
좋고 싫음이 있음이 유심(有心)이며
일체 마음의 작용이 곧, 유심(有心)이다.

초심(初心)은,
첫 마음이며, 새로운 마음이니,
첫 마음을 가짐이 초심(初心)이며
첫 마음으로 돌아감이 초심(初心)이며
자신을 되돌아 보는 냉철함이 초심(初心)이며
새로운 마음을 가짐이 초심(初心)이며
항상 바른 마음을 잃지 않음이 초심(初心)이며
타성(惰性)에 젖지 않음이 초심(初心)이며
항상 자신을 점검함이 초심(初心)이다.

도심(道心)은,
자신을 바르고 이롭게 하는 마음이니,
자신을 바르게 다스림이 도심(道心)이며
미혹한 생각을 일으키지 않음이 도심(道心)이며

자신의 부족함을 일깨움이 도심(道心)이며
일체에 자신의 어리석음을 살핌이 도심(道心)이며
마음을 항상 청정하게 함이 도심(道心)이며
언행에 선(善)함을 잃지 않음이 도심(道心)이며
따뜻한 마음을 가짐이 도심(道心)이다.

작심(作心)은,
어떤 마음을 지음이니,
어떤 생각을 가짐이 작심(作心)이며
마음을 새롭게 다잡음이 작심(作心)이며
의지(意志)를 굳건히 함이 작심(作心)이며
새로운 각오(覺悟)를 가짐이 작심(作心)이며
자기의 변화를 꾀함이 작심(作心)이며
자기 극복(克服)의 마음이 작심(作心)이며
새로운 목표를 가짐이 작심(作心)이며
자신의 부족함을 일깨움이 작심(作心)이다.

깨달음을 향한
수행(修行)의 세계나,
깨달음을 향한 마음의 세계에도
그 마음 성품의 특성과 경계(境界)를 따라 일컫고
이름함이 각각 다르다.

이는,

지(止), 관(觀), 정(定), 혜(慧),

삼매(三昧), 선정(禪定), 반야(般若),

진여(眞如), 열반(涅槃), 보리(菩提),

아뇩다라삼먁삼보리(阿耨多羅三邈三菩提) 등이

있다.

지(止)란,

일어나는 분별심(分別心)을 그침이다.

지(止)에는,

두 종류의 지(止)의 마음이 있음이니,

하나는, 일어나는 생각을 그치는, 마음 다스림과

또 하나는, 생각을 그친 마음을 일컬음이다.

지(止)의 경계(境界)와 상황(狀況)에 따라

다양한 깊이의 지(止)의 차원(次元) 마음이 있다.

이, 지(止)의 수행(修行)은

생멸심(生滅心)이 없는

본(本) 성품을 수순(隨順)하는 마음이다.

관(觀)이란,
성품의 실체(實體)를 면밀히 관(觀)함이다.

관(觀)에는,
세 종류에 속한 관(觀)이 있다.

세 종류에 속한 삼종관(三種觀)은
색관(色觀), 식관(識觀), 심관(心觀)에 속한
세 종류의 관(觀)이 있다.

색관(色觀)은,
물질(物質)의 성품, 실체(實體)를 관(觀)함이다.

이는,
일체(一切) 물질(物質)의 성품인
눈으로 인식(認識)하는 각종 색(色)의 성품과
귀로 인식하는 각종 소리의 성품과
코로 인식하는 각종 향(香)의 성품과
혀로 인식하는 각종 맛의 성품과
몸으로 인식하는 각종 촉(觸)의 성품 실체를
관(觀)함이다.

색관(色觀)은
일체 물질인, 색성향미촉(色聲香味觸)의 성품이
잠시도 머무름 없는 무주성(無住性)이므로,
그 색(色)의 성품이 실체(實體)가 없는 공(空)한
실상(實相)을 면밀히 관(觀)함이다.

식관(識觀)은,
심식(心識)을 관(觀)함이니,
이는, 심식(心識)의 일체작용인
수상행식(受想行識)의 성품이 공(空)한
실체(實體)를 면밀히 관(觀)함이다.

수(受)를 관(觀)함은,
몸의 감각기관(感覺器官)으로
색성향미촉(色聲香味觸)의 감각을 받아들이는
마음작용인 수(受)의 작용, 실체(實體)가
잠시도 머무름이 없는 무주성(無住性)이므로
그 수(受)의 성품이 실체(實體)가 없는 공(空)한
실상(實相)을 면밀히 관(觀)함이다.

상(想)을 관(觀)함은,
몸의 감각기관(感覺器官)인

눈, 귀, 코, 혀, 몸에 닿음인, 촉(觸)에 의해,
마음이 인식하는 촉(觸)의 상념(想念)인
색성향미촉(色聲香味觸)의 상(相)의 상념(想念)이
잠시도 머무름이 없는 무주성(無住性)이므로,
그 촉(觸)의 성품이 실체(實體)가 없는 공(空)한
실상(實相)을 면밀히 관(觀)함이다.

행(行)을 관(觀)함은,
상(相)의 상념(想念)에 의한 일체 마음작용인
다양한 성질의 일체 분별심(分別心)과
그에 의해, 다양한 감정이 수반하여 일어나는
좋아하고 싫어함의 호오심(好惡心)과
취사(取捨)와 고락(苦樂) 등의 일체 마음작용이
잠시도 머무름이 없는 무주성(無住性)이므로,
그 행(行)의 성품이 실체(實體)가 없는 공(空)한
실상(實相)을 면밀히 관(觀)함이다.

식(識)을 관(觀)함은,
일체 분별심(分別心)과 앎의 일체작용인
그 마음의 실체(實體)를 관(觀)함이니,

이는,
마음이 일어나면

일어나는 그 근원의 실체(實體)를 관(觀)하며,

마음이 사라지면
사라지는 그 근원의 실체(實體)를 관(觀)하여,

일체 앎과
일체 분별(分別)의 마음 근원(根源),
일체식(一切識)의 근본(根本)이며 근원(根源)인
생멸심(生滅心)의 근본식(根本識)을
관(觀)함이다.

심관(心觀)은,
일체(一切) 색(色)과
일체(一切) 식(識)의 작용이 끊어진
초월(超越)의 성품인
심(心)의 본(本) 성품을 관(觀)함이다.

정(定)이란,
일체 분별심(分別心)이 없는 정(靜)의 마음과
일체경계(一切境界)가 끊어진 정(靜)의 마음이다.

혜(慧)란,

일체 상(相)에 머묾 없는 명(明)의 마음과
일체 상(相)에 이끌림 없는 명(明)의 마음이다.

삼매(三昧)란,
법(法)의 관행(觀行), 미세(微細) 사유(思惟)가
끊어지지 않는 맑고 정밀(精密)한 정신작용으로,
깊은 관행(觀行)이 이어지는 마음 성품이다.

선정(禪定)이란,
선행(禪行)의 깊이에 따라
선정(禪定)의 깊이와 차원이 차별이 있다.

선(禪)은,
식(識)의 분별(分別)작용이 아닌
곧, 마음 성품을 수순(隨順)함이니,

선정(禪定)은
마음 성품 수순심(隨順心)의 정(定)이며,
선행(禪行)은
마음 성품 수순심(隨順心)의 행(行)이다.

선정(禪定)이란,

선행(禪行)으로, 마음의 동요(動搖)가 없어,
선(禪)의 성품인
마음 성품 수순의 지극(至極)함이 한결같음이며,

또한,
마음의 본(本) 성품을 벗어나지 않음이
곧, 선정(禪定)이다.

반야(般若)란,
일체(一切)가 공(空)한 성품의 지혜(智慧)이며,
일체(一切)가 공(空)한 성품의 청정(淸淨)한
마음이다.

진여(眞如)란,
무엇에도 물듦 없고, 걸림 없는 성품의 마음이다.

열반(涅槃)이란,
생멸심(生滅心)이 없는 부동심(不動心)이다.

보리(菩提)란,
두루 밝게 깨어 있는, 본(本) 성품의 마음이다.

아뇩다라삼먁삼보리(阿耨多羅三邈三菩提)란,
완연(完然)한 본(本) 성품의 마음으로,
시종(始終) 없고, 생멸(生滅) 없이,
본성(本性)의 성품이 두루 밝게 깨어 있는
지극한 본(本) 성품의 마음이다.

념(念)의 세계
의(意), 사(思), 상(想), 정(情), 감(感), 궁구(窮究),
분별(分別), 사유(思惟), 선(善), 악(惡), 욕(欲), 욕(慾),
연(戀), 증(憎), 망(妄), 진(眞), 긍정(肯定), 부정(否定)
등의 다양한 념(念)의 세계와

념(念)의 다양한 흐름인
일념(一念), 념념(念念), 천념(千念), 만념(萬念),
사념(思念), 잡념(雜念), 망념(妄念), 사념(邪念),
상념(想念), 관념(觀念), 통념(通念), 욕념(欲念)
욕념(慾念) 등의 념(念)의 흐름 세계와

또한,
마음의 상태인
무심(無心), 진심(眞心), 일심(一心), 정심(正心),
정심(情心), 인심(人心), 천심(天心), 동심(童心),

선심(善心), 유심(有心), 초심(初心), 도심(道心),
작심(作心) 등의 마음세계와

깨달음을 향한
수행심(修行心)의 성품 세계인
지(止), 관(觀), 정(定), 혜(慧),
삼매(三昧), 선정(禪定), 반야(般若),
진여(眞如), 열반(涅槃), 보리(菩提),
아뇩다라삼먁삼보리(阿耨多羅三邈三菩提) 등,

일체(一切)가
심(心)의 다른 이름인 이명(異名)일 뿐,
마음 아님이 없다.

그러나,
각각, 그 마음을 달리 이름함은,
그 마음 상황(狀況)의 다양한 상태에 따라
그 마음 성품의 성질과 성향의 특성이
서로 차별이 있어, 서로 다르므로,
그 마음 상태의 성질과 차별의 특성에 따라
그 마음세계와 그 의식(意識)의 차원이 다르므로
그 마음 상황과 상태에 따라, 이름함이 다르다.

이와 같이,
이 마음이 다름은,
그 마음작용 성질 변화의 특성에 따라
그 마음이 천차만별(千差萬別)의 다른 성향과
차별 특성의 마음세계가 있기 때문이다.

본(本),
마음 본성(本性)은 차별이 없어도,
의식(意識) 성질(性質)의 특성(特性)과
의식(意識) 상승(上昇)의 진화(進化)와
정신작용의 차별 의식차원(意識次元)에 따라

무엇이든,
인식하고 수용하는, 인식(認識)의 차별과
수용 안목(眼目)의 성품 성질과 차원이 달라,
그에 따른 각종 마음세계의 차별로 벌어지니,
이에 의해,
어떤 상황을 인식하고 바라보는 관점(觀點)과
사고(思考)의 관념(觀念)인 의식(意識)의 차원과
자기 삶의 이념적(理念的) 인식(認識)의 세계와
삶에 대한 추구(推究)의 이상(理想)이 달라진다.

누구나,
자기 마음작용의 삶을 살아가도
그 마음이, 어떤 성품 특성의 마음이냐에 따라
자기 삶의 가치와 삶의 빛깔이 달라진다.

누구나,
어떤, 상황(狀況)이든,
그 반응하는, 마음작용 성품의 성질이
곧, 자기 마음 씀의 성품, 특성(特性)이며,
그것이, 자기 의식(意識)이 흐르는 빛깔,
자기 성품의 모습이다.

5. 존재(存在)

존재란,
우주의 섭리를 따르는 그 무엇이
있음이다.

우주의 섭리를 따름이 있는 그 실체를 일러
존재라고 한다.

그러므로,
모든 존재는, 우주의 섭리를 벗어나
존재하는 것이 아니다.

그러므로,
모든 존재는, 우주의 섭리 속에 있음이다.

존재의 형태는 다양하며
그 모습과 생태 또한, 그 특성에 따라

다양하며, 서로 같지를 않다.

그러므로,
존재의 상황과 실체를, 다 알 수는 없으며,
존재의 세계는, 무량무수(無量無數)의 세계와
다양한 각종 차원의 세계이니
불가사의이다.

그러나 공통점은
모든 존재는 인연을 따라 생겨나
인연을 따라 머무름 없이 변화하며
무수(無數) 인연(因緣)관계의 흐름 속에
머무름 없는 변화의 삶을 살고 있다.

그러므로,
모든 존재는, 인연의 관계 속에 흐르는
무수 관계의 인연 속에 자신도 변화하며 흐름이
곧, 삶의 변화의 시간과 세월 흐름의 과정이며
모든 존재가 흐르는 삶의 모습이다.

시간과
세월이 끊임없이 흐름이

곧, 무수 인연 변화의 상황을 맞닥뜨림이며,
그 상황, 무수 변화의 흐름 속에 자신도 변화하며
끊임없는 상황을 따라 적응하는 변화의 그것이
모든 존재가 흐르는 삶의 모습이다.

꿈도, 성장도,
꽃이 피고, 꽃이 지는 것도
무수 인연 상황들을 맞닥뜨리며, 자신도 변화하는
끊임없는 변화의 흐름이다.

잠시도
머묾 없는 그 흐름의 상황들을 맞닥뜨림이
이 우주가 흐르는 변화를 수용함이며
모든 존재가 그에 적응하며 변화하는 삶의 흐름
과정들이다.

모든 존재는
잠시도 머무름 없이 변화하며 흐르는
우주 섭리의 흐름을 따라
끊임없는 무수 상황 변화에 대응하고 대처함이
곧, 자신도 더불어 끊임없이 변화하며 흐르는
존재의 삶인, 시간이며 세월들이다.

존재는,
끊임없이 변화하며 흐르는, 머묾 없는 변화의
실체이며,

삶은,
상황에 끊임없이 변화하며 흐르는
무수 인연의 상황에 맞닥뜨리는 적절한 대응과
바람직한 대처(對處) 흐름의 연속이다.

이러한,
인연 상황의 시간과 세월이 흐름이
곧, 끊임없는 자기 변화를 위한 삶의 연속이니,
존재의 일생(一生)이란,
끊임없는 상황 변화의 인연에 맞닥뜨리는
바람직한 바람의 대응과 대처의 삶이다.

머묾 없이 흐르는 우주의 섭리,
끊임없는 변화의 흐름 속에 생겨난 존재는
상황에 바람직하게 적응하며 변화하지 않으면
존재할 수가 없으며,
변화는, 곧, 존재의 삶이 이어지는
연속행(連續行)이다.

그러므로,
무엇이든 변함없이 그대로 있는 것은 없으며,
존재는, 변화의 흐름 속에 있으므로
끊임없이 변화하는 상황의 흐름을 따라
자신도 변화하지 않으면
이 우주가 흐르는 그 변화의 흐름 속에
자신이 존재할 수가 없다.

그런데,
이 변화가 나쁜 것이 아니다.

이 변화의 흐름이
곧, 우주의 끊임없는 창조(創造)이며,
만물의 끊임없는 성장(成長)이며,
꿈과 희망을 향한 무한 발전(發展)이며,
모든 생명체의 무한 진화(進化)의 모습이다.

나무도 변화하지 않으면 성장할 수가 없고
꽃망울도 변화하지 않으면 피어나지 못하며
열매도 변화하지 않으면 무르익지 못하고
모든 만물도 변화하지 않으면 삶이 멈추게 된다.

삶의 미래를 향한
희망과 행복도, 그 변화 속에 있다.

그 어떤 아픔과 시련의 고통도
머무름 없는 상황변화를 맞으며 극복하고
모두가 상황변화 속에 가치 있는 삶을 추구하며
지금보다 더 나은 상황변화의 자신과
내일의 행복을 꿈꾼다.

더 나은 상황 변화를 생각하고 원하기에
더없는 용기와 희망을 가지며
부족한 자신의 의식을 쉼 없이 일깨우고
자기 존재, 삶의 무한 가치를 끝없이 추구하며
끝없는 긍정적 변화의 삶을 도모하고
변화한 내일의 자신 희망의 모습을 꿈꾸며
지금 자신의 상황을 벗어나고자
끊임없이 노력한다.

변화 없는 삶은, 꿈이 없는 삶이며
생각이 바뀌지 않으면, 삶이 변하지 않고
자신을 새롭게 하지 않으면, 발전이 없는 삶이며
살아 있음은, 끊임없이 자신을 새롭게 함이니,
꿈과 희망을 가짐은, 끊임없는 자신의 변화와

극복을 선택한 길이다.

끊임없는 자기 극복과 변화의
그 길이,
머무름 없는 자기 성장인 존재 가치의 삶이며,
의식과 정신이 밝게 깨어있는 자의
자기 진화(進化)의 모습이다.

존재의 삶,
상황변화의 흐름 속에 꽃은 피어나고
애벌레는 껍질을 벗고 날개를 펴 하늘을 날며
의식은 깨어나 세상을 두루 밝게 보고,
삶을 새롭게 하는 이 모두가
머무름 없는 자기 변화를 위한 길이며
무한가치를 향한, 끊임없는 진화(進化)의 삶이며
자기 성장을 위한 자기 가치의 시간이다.

그러므로,
존재는, 변화의 개체이며,
존재의 시간은, 머묾 없는 자기 변화와
진화의 시간이다.

존재가, 쉼 없이,
머무름 없는 변화의 흐름이 곧, 시간이며,
곧, 시간이 머무름 없이 흐름으로
모든 존재는 자신의 꿈을 향해
머무름 없이 자신을 새롭게 가꾸고
자신을 끊임없이 변화시키며
행복을 위한, 시간 시간의 나날을 쌓아간다.

그,
무엇이든
또한, 누구이든
자신을 새롭게 변화시키지 않음은
자기 성장 진화(進化)와 삶의 가치를 향한 시간이
멈춘 것이다.

무엇이든
또한, 누구이든
머무름 없는 시간의 흐름을 따라
멈추거나 머무름 없이 자신을 새롭게 변화시킴은,

누구나,
예사로이 생각하는

항상, 머무름 없는 흐름의 시간(時間)이
곧,
다시, 되돌아오지 않는
자기 삶의 생명이 흐르는 소중한 시간(時間)이기
때문이다.

이,
시간의 흐름이
곧, 자기 생명 존재가 살아 있는 순간이며,
나의 생명 촉각과 숨결이 살아 있는 삶이다.

이,
삶이 흐르는 시간,
의식과 정신이 밝게 깨어있으려 함은,
나에게 주어진 짧은 삶의 운명,
의식의 촉각과 숨결이 살아있는 이 찰나가
곧, 내가 살아있는 삶의 시간임을 자각하는
내 혼(魂)의 깊은 울림이
있기 때문이다.

6. 도(道)

도(道)란
생명(生命)의 작용이다.

도(道)가
신통조화(神通造化)를 부리는 것이
도(道)가 아니다.

다양한 것을
일컬어 다, 도(道)라고 하니,
그 도(道)는
사람마다, 말하고 생각하는 것이 다르다.

그러한 도(道)는,
생각과 사념(思念)의 각종 분별세계인
의식(意識)의 세계이니,

그 도(道)는,
그 어떤 특기(特技)이거나
자신이 생각하는 도(道)일 뿐이다.

도(道)란,
만물(萬物)의 섭리(攝理)와 작용(作用)이,
곧, 도(道)의 운행(運行)이다.

이 섭리(攝理)와 작용으로,
무한 시방(十方), 우주(宇宙)의 만물(萬物)이
생성되어 존재하며, 운행하고 있다.

이는,
일체(一切), 존재의 근본(根本)이며, 근원(根源)인,
생명성(生命性)의 작용이다.

일체(一切),
존재(存在)의 근본(根本)이며, 근원(根源)인
생명성(生命性)을 일러,
만물(萬物)의 본성(本性)이라고 하며
천지(天地)의 근본(根本)이라고 하며
마음의 근본 성품이라고 한다.

생명성(生命性)과
만물(萬物)의 본성(本性)과
천지(天地)의 근본(根本)과
마음의 근본 성품이, 다를 바가 없다.

단지,
무엇에 인연(因緣)하여
그 근본(根本) 성품을 일컫느냐에 따라
그 성품을 일컫고 이름함이 다를 뿐이다.

생명성(生命性)은,
물질(物質)과 의식(意識)과 마음세계의
일체(一切)의 근본(根本)이며 근원(根源)이니,
만유(萬有)의 근본을 성(性)이라 하기도 하고,
이를,
만물(萬物)의 본성(本性)이라 하기도 하며
천지(天地)의 근본(根本)이라 하기도 하고
마음의 근본 성품이라고도 한다.

이 모두가 다
한 성품인, 생명성(生命性)을 일컬을 뿐,
서로 다른 것이 아니다.

생명(生命)의 성품은
온 우주 시방 허공, 무한세계에 두루 충만한
만물(萬物)의 본성(本性)이며
천지(天地)의 근본(根本)이며
마음의 근본 성품이다.

만물(萬物)이, 그 형태와 모습을 가지고
작용을 하는 일체(一切)가
곧, 이 생명(生命) 성품의 작용이다.

사람이 몸의 형태를 가지고
호흡하며, 생각하고 움직이는, 이 일체의 작용이
곧, 이 생명성(生命性)의 작용이다.

만약,
생명(生命)의 성품이 없으면
만물(萬物)은 존재할 수가 없고
천지운행(天地運行)이 이루어지지 않는다.

일체(一切)는,
생명(生命) 성품의 작용이며,

생명(生命) 성품의 작용이
생명(生命) 성품의 불가사의 인연섭리를 따라
일체(一切) 물질세계(物質世界)의 모습과
일체(一切) 의식세계(意識世界)의 마음작용이
이루어진다.

물질이든, 생명체이든,
살아 있음도, 생명(生命) 성품의 작용이며,

물질이든, 생명체이든,
죽음도, 생명(生命) 성품의 작용이다.

그러나,
생명(生命) 성품은
생(生)도 없고, 사(死)도 없는
영원불멸(永遠不滅)의 생명성(生命性)이니,
온 시방 허공 무한세계에 두루 충만한 성품으로
만물(萬物)의 본성(本性)이며
천지(天地)의 근본(根本)이며
마음의 근본 성품으로 존재한다.

일체(一切),
생멸(生滅)과 생사(生死)는
생명성(生命性)의 작용으로 생성된
개체성(個體性)의 작용일 뿐,
생명성(生命性)은, 생멸(生滅), 생사(生死)도 없이
온 우주 시방 허공 무한세계에 두루 충만한
만물(萬物)의 본성(本性)이며,
천지(天地)의 근본(根本)으로 항상 존재하는
성품이다.

사람의 생명(生命) 성품은
온 우주 시방 허공 무한세계에 두루 충만한
만물(萬物)의 본성(本性)이며
천지(天地)의 근본(根本)인 성품으로
마음 성품의 작용을 하며,
그 성품은, 생멸(生滅)과 생사(生死)도 없이
항상 존재할 뿐이다.

그러므로,
온 우주, 시방 허공 무한세계에 두루 충만한
만물(萬物)의 본성(本性)을 깨닫든
천지(天地)의 근본(根本)을 깨닫든

마음의 근본 성품을 깨닫든,
그 깨달음은, 오로지 일체(一切)가 한 성품인
만유(萬有)의 근본(根本), 한 생명성(生命性)을
깨달음이다.

마음과 생명성(生命性)은
다름 아닌, 한 성품이다.

그러므로,
마음의 근본을 깨달으면
온 우주, 시방 허공 무한세계에 두루 충만한
만물(萬物)의 본성(本性)과
천지(天地)의 근본(根本)과
마음의 근본(根本) 성품을 한꺼번에 깨닫게 된다.

이는,
천지(天地)와
일체(一切) 만물(萬物)과
물질(物質)과 마음이 둘이 아닌
일체(一切)의 근본(根本)이며 근원(根源)인
일체불이(一切不二)의 성품,
불가사의한
무한무궁청정생명성(無限無窮淸淨生命性)을

깨달음이다.

그러므로,
마음의 근본 성품을 깨달음으로
마음과 생명의 성품은, 생멸(生滅)과 생사(生死)가
없음을 깨달으며,

일체(一切),
생멸(生滅)과 생사(生死)를 초월(超越)하여
무엇에도 물듦 없고, 때묻음 없는
그 마음 청정성품이
곧,
만물(萬物)의 본성(本性)이며
천지(天地)의 근본(根本) 성품인
마음의 본래(本來) 본성(本性)의 마음이니,
이 성품을 깨달아, 이 청정심(淸淨心)을 씀이
곧, 청정본성(淸淨本性)의 마음을 씀이다.

이는,
곧, 생명본성(生命本性)의 작용으로
무엇에도 물듦 없고, 본래 때묻음 없는

청정본성(淸淨本性)의 행(行)이다.

이 마음은,
무엇에도 물듦 없고
무엇에도 때묻음 없으며
천지(天地)와 하나인 마음으로,
만물(萬物)과 둘 없는 불이성(不二性)이니,
이는, 깨달음 궁극(窮極)의 마음이며
곧, 본래본성(本來本性)의 마음이다.

이것이,
온 우주, 시방 허공 무한세계에 두루 충만한
본래본성(本來本性)의 마음작용인
청정본성심(淸淨本性心)이며
청정본성행(淸淨本性行)이다.

이 성품이
도(道)의 성품이며,
이 성품의 작용이 도(道)이니,
이는, 생명(生命) 성품의 작용이다.

이 마음, 성품의 작용은

무엇에도 물듦 없는 마음으로
무엇에도 때묻음 없는 무량청정심(無量淸淨心)
이다.

이 성품의 마음은,
상(相) 없는 마음 무상심(無相心)이며
일체에 둘 없는 마음 불이심(不二心)이며
무엇에도 파괴됨이 없는 금강심(金剛心)이며
일체(一切), 상(相) 없는 무아심(無我心)이며
무엇에도 물듦 없는 진여심(眞如心)이며
무엇에도 걸림 없는 무애심(無礙心)이며
일체 초월(超越)의 해탈심(解脫心)이다.

이(是), 성품,
생명성(生命性)을 깨닫지 못하면,
일체 상(相)에 머무른 분별(分別)에 의한
의식작용(意識作用)인, 심식(心識)의 일체(一切)를
자기의 마음으로 인식(認識)하게 된다.

이 심식(心識)은,
자기 본래 본성(本性)의 마음이 아닌,
상(相)을 헤아리어 분별하는 상심(相心)인

분별심(分別心)이다.

이(是),
의식작용(意識作用)의 일체(一切)는
상심(相心)에 의한 분별(分別)로,
일체불이(一切不二)의 한 성품, 청정심(淸淨心)을
벗어나,
나와 남을 분별하고
이것과 저것을 차별화(差別化)하며,
자기의 관념(觀念) 속에
무엇이든, 옳고 그름의 시비심(是非心)을 가지며,
선악(善惡)을 자기 관념(觀念)에서 분별하고,
일체에, 이와 저에 같고 다름의 차별심을 가지는
일체분별의식(一切分別意識)이다.

이,
의식(意識)은,
한 성품의 본성(本性), 청정성품인
청정심(淸淨心)을 벗어나
분별에 의한 차별세계 의식(意識)의 작용이니,
이는, 자기(自己)의 본래 청정본성(淸淨本性)인,
무엇에도 물듦 없고 차별 없는 청정성품과

청정심(清淨心)을 모름으로

본래(本來)의 근본 본성(本性)인
청정성품의 청정심(清淨心)을 벗어나
일체 분별에 의한 의식작용(意識作用)의 일체를
자기의 마음으로 잘못 알고 있음이다.

그러므로,
본래(本來)의 본성(本性)인 청정성품,
자기의 본(本) 마음, 청정심(清淨心)을 깨우치려면,
일체에 물든, 분별(分別)의 의식작용(意識作用)을
벗어나야 함이니,

이것이,
오온(五蘊)을 벗어남이며
일체심식(一切心識)을 벗어남이며
일체 자아의식(自我意識)을 벗어남이며
일체상(一切相)을 벗어남이며
일체분별심(一切分別心)을 벗어남이다.

그러므로,
자기 본래(本來)의 본성(本性)인 청정심(清淨心),

자기의 본 성품을 깨달으려면,
일체 차별세계의 관념의식(觀念意識)인
일체 분별에 치우친 관념의식(觀念意識)의 일체를
벗어나야 한다.

그러므로,
본래(本來) 본성(本性)의 청정성품인
본래(本來) 청정심(淸淨心)을 깨닫는 수행은,
일체상(一切相)에 물든 오온심(五蘊心)인
일체분별(一切分別)의 의식(意識)을 벗어나는
수행이다.

이는 곧,
일체에 물든 의식(意識)의 세계를 벗어남이니,
해탈(解脫)이란, 다름아닌,
일체에 물든 분별의식(分別意識)의 세계를
벗어남이다.

일체고(一切苦)는
다양한 것이 원인(原因)일 수 있으나,
제일 큰 원인(原因)은

본래(本來) 청정심(淸淨心)을 벗어나
상심(相心)에 의한 일체 분별의 의식(意識)을
자기 자신이나, 자기의 마음으로 잘못 알고 있는
이를, 벗어나지 못하는 그것이,
곧, 일체고(一切苦)의 원인(原因)이다.

일체 속박은,
본래의 청정심(淸淨心)을 벗어난
일체 분별 의식(意識)을 곧, 자기(自己)로 앎으로,
이 의식(意識)에 얽매이고 속박됨이
곧, 괴로움의 원인(原因)과 결과를 초래함이니,
이는, 본래(本來)의 청정심(淸淨心)을 벗어남으로,
일체(一切) 상심(相心)인, 분별의 의식(意識)에
얽매이고 속박이 되어
그 굴레를 벗어나지 못하는 것이다.

그러므로
해탈(解脫)이란,
자기(自己)라고 알고 있는 이 자아(自我)가,
자기(自己)의 실체가 아님을 깨달아
자기의 본성(本性), 청정심(淸淨心) 실상(實相)이
곧, 온 우주, 시방 허공 무한세계에 두루 충만한

만물(萬物)의 본성(本性)이며,
천지(天地)의 근본(根本)인 그 생명(生命) 성품이
곧, 자기(自己)의 실체(實體)이며, 실상(實相)임을
깨달음이다.

일체 헤아림의 의식(意識), 분별심(分別心)인
분별(分別)의 자아(自我)가
자기의 실체(實體)가 아님을 깨달음으로,
일체 분별심(分別心)의 자아(自我)를 벗어나
본래(本來), 물듦 없는 자기의 생명성(生命性)이며,
본래 본성(本性)인 청정본성(淸淨本性)을 깨달아,
분별에 얽매인 자아(自我)의 일체고(一切苦)를
벗어나게 된다.

분별 속에 있으면
분별의 세계만 보게 되므로,
분별의 세계를 벗어나기 전에는
분별없는 자기의 본 성품을 알 수가 없다.

그러므로
본성(本性)을 깨닫는 깨달음의 수행은,
무엇을 얻는, 얻음의 세계가 아니라,

일체 분별심(分別心)인
자아의식(自我意識)의 일체(一切)를 소멸해
벗어나는 수행이다.

이는,
일체 분별심(分別心)을 벗어버린
그 청정성품의 청정심(清淨心) 지혜(智慧)에 드는
수행이다.

그러나,
이 청정성품(清淨性品)의 청정심(清淨心)
이 청정지혜(清淨智慧)는,
의식(意識)의 분별 속에서는 알 수가 없다.

왜냐면,
일체분별심(一切分別心)은,
분별하는 의식(意識)의 세계이므로,
일체분별심(一切分別心)이 끊어진 성품을
알 수가 없기 때문이다.

그러므로,
눈과 귀로 보고 들으며

앎에 의한 일체 사고(思考)를 하여도,
이 일체가, 분별심(分別心)에 의한 분별세계이니,
일체 분별이 끊어진 일체 초월 성품과 그 세계는
알 수가 없다.

그러므로,
깨달음의 성품과 지혜(智慧)는
분별하는 마음으로는 알 수가 없으니,
일체 분별의 의식(意識)이 끊어지면
본래, 분별 없는 청정심(淸淨心)인, 청정지혜에
들게 된다.

일체 분별심(分別心)을 벗어난
청정성품(淸淨性品)과 청정지혜(淸淨智慧)는,
일체 분별을 벗어난
얼음의 성품과 얼음의 지혜인 것 같아도
이는, 분별심에서 인식하는 것일 뿐,
실제는, 얼음의 성품과 얼음의 지혜가 아니라,
본래, 얻을 것 없는 본래 마음의 성품과
본래 성품의 지혜이다.

왜냐하면,

본래(本來) 본성(本性)에
다 갖추어져 있는 성품과 지혜이기 때문이다.

그러므로
일체 분별심(分別心) 속에서는
이 청정성품(淸淨性品)과 청정지혜(淸淨智慧)를
알 수가 없으니,
일체 분별심인, 일체 의식(意識)이 끊어지면
이 성품과 지혜의 세계에 들게 된다.

그러므로,
이 청정성품(淸淨性品)과 청정지혜(淸淨智慧)를
무소득(無所得)의 성품이며
무소득(無所得)의 지혜(智慧)라고 한다.

왜냐하면,
본래(本來), 온 우주(宇宙),
시방 허공 무한세계에 두루 충만한 성품인
만물(萬物)의 본성(本性)이며
천지(天地)의 근본(根本)이며
마음의 근본 성품이기 때문이다.

그러므로,

이 성품에 든 지혜성품(智慧性品)이

성통광명(性通光明)이며

구경열반(究竟涅槃)이며

마하반야(摩訶般若)이며

금강반야(金剛般若)이며

바라밀다심(波羅蜜多心)이며

일시무시일(一始無始一)이며

일종무종일(一終無終一)이며

본심본태양앙명(本心本太陽昂明)이며

인중천지일(人中天地一)이며

청정무상심(淸淨無相心)이며

청정무아심(淸淨無我心)이며

제법공성(諸法空性)의 성품이니,

이는, 일체분별심(一切分別心)이 끊어진 성품인

오온개공심(五蘊皆空心)의 성품이다.

본성(本性)의 성품은

온 우주, 시방 허공 무한세계에 두루 충만한

만물(萬物)의 본성(本性)이며

천지(天地)의 근본(根本)이며

마음의 근본 성품이므로

이 성품에 들면,
해탈(解脫)의 본 성품과 지혜를 구하지 않아도
온 우주, 시방 허공 무한세계에 두루 충만한
만물(萬物)의 본성(本性)이며
천지(天地)의 근본(根本)이며
마음의 근본(根本) 청정성품(淸淨性品)인
청정지혜(淸淨智慧)의 세계이니,
이 무한(無限) 절대성(絕對性)에 들면
두루 원만구족(圓滿具足)한 지혜성품에 듦으로,

온 우주,
시방 허공 무한세계에 두루 충만한
만물(萬物) 본성(本性)의 세계와
천지(天地) 근본(根本)의 세계와
마음 근본(根本)의 성품 세계를 두루 밝게
깨닫게 된다.

왜냐면,
분별세계의 지식(知識)과 지혜(智慧)의 세계는
앎에 속한 배움과 얻음의 지혜이지만,
온 우주 시방 허공 무한세계에 두루 충만한
만물(萬物)의 본성(本性)이며

천지(天地)의 근본(根本)이며
마음의 근본 성품의 지혜(智慧)는
무한(無限) 절대성(絶對性)의 지혜(智慧)이므로,

이는, 곧,
천지(天地)와 우주(宇宙)의 근본(根本)
본성(本性)의 지혜(智慧)이므로
그 어떤 앎과 분별심(分別心)으로는 알 수 없고,
얻을 수도 없으니,

오직,
그 성품에 듦인, 깨달음으로만이
알 수가 있다.

이는,
심식(心識)의 일체(一切)
오온심(五蘊心)이 끊어진 깨달음으로,
그 성품과 불이(不二)의
무한(無限) 절대성(絶對性)에 듦으로써
알 수가 있다.

이 길이

청정(清淨) 무상도(無上道)이며,

이 지혜(智慧)가
청정(清淨) 무상지혜(無上智慧)이며,

이 마음이
청정(清淨) 무상심(無上心)이며,

이 마음이
상(相)이 없어, 청정(清淨) 무상심(無相心)이며,

이 마음이
물듦이 없어, 청정(清淨) 무염심(無染心)이며,

이 마음이
일체분별심(一切分別心)이 끊어진
청정무한(清淨無限) 무변제심(無邊際心)인
오온개공심(五蘊皆空心)이며,

이 마음이
무엇에도 물듦이 없는
청정(清淨) 진여심(眞如心)이며,

이 마음이
무엇에도 걸림 없는
청정(淸淨) 원융무애심(圓融無礙心)이며,

이 마음이
일체상(一切相)에 걸림 없는 청정심(淸淨心)인
반야심(般若心)이며,

이 마음이
일체 상(相)에 얽매인 속박을 벗어난
청정(淸淨) 해탈심(解脫心)이다.

이 길이,
일체초월(一切超越)
무변(無邊) 무상도(無上道)이며,
이 마음 길이, 일체 오온개공(五蘊皆空)의 길이며,
일체 상(相)과 일체 지혜(智慧)를 초월한
무상청정(無上淸淨), 제법공상심(諸法空相心)의
길이다.

이는 곧,
자기의 본성(本性)인, 때묻음 없는 청정한 마음과

불생불멸(不生不滅)의 생명 본성(本性)을 깨닫는
무한 초월(超越)의 길이다.

이,
도(道)가
자기 본성(本性)의 도(道)이며,

이 마음이,
일체상(一切相), 일체식(一切識)에 물듦 없는
자기 생명(生命) 본성(本性)의 마음이다.

일체(一切),
종교(宗敎)와 사상(思想)과 관념(觀念)의 세계는
분별(分別)과 의식(意識)의 세계이며,

생명(生命)은,
일체 종교(宗敎)와 사상(思想)과 관념(觀念)과
일체 분별(分別)과 의식(意識)을 초월(超越)하여
그 일체에 물듦 없는 근본 본성(本性)인
청정성품(淸淨性品)이다.

그러므로 의식(意識)은,
종교(宗敎)와 사상(思想)과 관념(觀念)의 세계에
물듦이 있어도,
생명성(生命性)은, 일체 의식세계를 초월하여
그 무엇에도 물듦 없는 청정성품으로,
일체 종교(宗敎)와 사상(思想)과 관념(觀念)에
예속(隸屬)됨이 없다.

누구나, 분별의 의식(意識)은,
종교(宗敎)와 사상(思想)과 관념(觀念)의 세계에
물듦이 있어도,

그 생명성(生命性)은,
그 무엇에도 물들 수 없고, 물듦 없는
본래(本來) 청정성품(淸淨性品) 그대로이다.

그러므로
생명(生命)의 성품은,
그 무엇에도 물들지 않고, 예속되지 않으며,
생사(生死)와 생멸(生滅)이 없는
본래(本來) 청정성품(淸淨性品) 그대로
온 우주 시방 허공 무한세계에 두루 충만한

만물(萬物)의 본성(本性)이며
천지(天地)의 근본(根本)이며
마음의 근본 본성(本性)으로
일시무시일(一始無始一)의 성품이며
일종무종일(一終無終一)의 성품으로
무한(無限) 절대성(絕對性)의 성품 그대로이다.

이것을 깨달으면
일체해탈지(一切解脫智)를 열어
일시무시일(一始無始一)의 성품과
일종무종일(一終無終一)의 성품을 깨달아
인중천지일(人中天地一)의 성품에 들어,

온 우주, 시방 허공 무한세계에 두루 충만한
만물(萬物)의 본성(本性)과
천지(天地)의 근본(根本)과
마음의 근본(根本) 성품을 깨닫는다.

이는 곧,
일체무상심(一切無相心)이며
일체무염심(一切無染心)이며
천지동인(天地同人)의 성품이다.

이것이,
일체(一切) 분별을 벗어난
일체(一切) 무한 충만(充滿) 성품의 지혜세계,
무한궁극(無限窮極) 도(道)의 길이며
무한절대(無限絶對) 도(道)의 세계이다.

이것이
곧,
도(道) 중(中) 무상도(無上道)이며
심(心) 중(中) 무상심(無上心)이며
일체초월(一切超越) 절대성(絶對性)의
무상일도(無上一道)이다.

7. 정(正)

정(正)이
무엇이며,

정(正)이
무엇이길래

왜?
정(正)이 중요하며,

왜?
정(正)이 없으면 안 되며,

왜?
정(正)이 필요할까?

정(正)의
정의(正義)는 무엇이며,

무엇을
정(正)이라고 규정(規定)하며,

무엇을
정(正)이라고 정의(定義)할까?

삶에
왜?
정(正)이 필요하며,

또한,
무엇이든,
정(正)의 시각(視角)에서 보려 하고,

무엇이든,
정(正)의 시각(視角)에서, 옳고 그름을 가름하며,

무엇이든,
정(正)의 시각(視角)에서, 모든 것을 바로 잡고

가름하는 저울이니,

만약,
정(正)이 아니면,
정(正)이 아니므로 당연(當然)하지 않아
모두, 아우성치며,

그러므로,
무엇이든, 잘못을
정(正)으로 바로잡고,

정(正)을 모르면,
정(正)을
유추(類推)하여, 건립(建立)하고,

정(正)을
정립(正立)하여, 정의(定義)하며,

정(正)으로써,
상황(狀況)에 대해, 옳고 그름을 판단하는,
정당(正當)하고 당연(當然)한 기준(基準)을 세우려
야단들이다.

정(正)은,
정(正)일 뿐,

정(正)은,
이것이라고 주장(主張)하거나
정의(正義)하여도,

그것이,
모두에 두루 통하는 왕도(王道)인,
모두에 두루 공평(公平)하고, 공통(共通)된,
명확한 평등(平等)의 유일(唯一)한 기준(基準)이며,
완전한, 모두의 정의(正義)의 정(正)으로써
정당한 가치를 갖지 못함은,

정(正)은,
상황(狀況)에 따라
정(正)의 정립(正立)과 정의(正義)의 규정(規定)이
달라질 수가 있기 때문이다.

정(正)의
정립(正立)과 정의(正義)의 규정(規定)이
달라질 수 있는 상황(狀況)이란,

자연(自然)의 상황 특성에 따라서
시대(時代)의 상황 특성에 따라서
종족(種族)의 상황 특성에 따라서
국가(國家)의 상황 특성에 따라서
사회(社會)의 상황 특성에 따라서
남녀(男女)의 상황 특성에 따라서
연령(年齡)의 상황 특성에 따라서,

또한,
이념(理念)의 상황 특성에 따라서
사상(思想)의 상황 특성에 따라서
종교(宗敎)의 상황 특성에 따라서
문화(文化)의 상황 특성에 따라서
법률(法律)의 상황 특성에 따라서
예법(禮法)의 상황 특성에 따라서
계층(階層)의 상황 특성에 따라서,

또한,
전통(傳統)의 상황 특성에 따라서
순리(順理)의 상황 특성에 따라서
규정(規定)의 상황 특성에 따라서
질서(秩序)의 상황 특성에 따라서
위치(位置)의 상황 특성에 따라서,

또한,
평등(平等)의 상황 특성에 따라서
안정(安定)의 상황 특성에 따라서
평화(平和)의 상황 특성에 따라서
조화(調和)의 상황 특성에 따라서
조건(條件)의 상황 특성에 따라서,

정(正)의
정립(正立)과 정의(正義)의 규정(規定)이
그 상황(狀況)의 상태에 따라 차별화 되고
또한, 달라질 수가 있기 때문이다.

그러나,
그 어떤 상황(狀況)이든
그 상황(狀況)에 가장 적절하고 적합한 행위나
바람직한 운용(運用)을 위해서는
그 상황(狀況)에 따른, 당연한 정의(正義)인
정(正)의 기준(基準)이 필요하며,

만약,
정(正)의 기준(基準) 없이 행위(行爲)하거나
운용(運用)하였을 때에는,

그 상황(狀況) 최선(最善)의 바람직함인
그 어떤 최상(最上) 결과를 위해 정당(正當)하고
당연(當然)한 정의(正義)가 아니므로,
그 어떤 잘못된 결과(結果)를 초래(招來)하는
원인(原因)이 될 수가 있다.

그러므로,
정(正)의 정립(正立)의 관점(觀點)은
그 어떤 상황(狀況)이든,
그 다음 결과(結果)의 발전(發展)과 퇴보(退步),
성공(成功)과 실패(失敗)의 흥망성쇠(興亡盛衰)를
결정하고 가름하는 기준(基準)이 되며,

또한,
모든, 상황(狀況)에 대해
옳고 그름을 가름하는 바람직한
잣대가 된다.

정(正)이,
다양한 특성 종류의 상황(狀況)과
다양한 특성 차별의 상황(狀況) 속에서는,

그 상황(狀況)의 특성에 따라
그 상황에 바람직한 정(正)의 정립(正立)이 달라,
각각, 그에 상응(相應)한
정(正)의 정립(定立)과 규정(規定)이 달라도,

그,
정(正)의 정립(正立) 기본(基本)의 바탕에는
가장 으뜸이며, 중심(中心)이며, 핵심(核心)인
정(正)의 정립(正立) 특성(特性)인
기본(基本) 중심(中心)의 공통점(共通點)이 있으니,

첫째가 상황(狀況)의 안정(安定)이며
둘째가 상황(狀況)의 발전(發展)인 선리(善利)이며
셋째가 상황(狀況)의 조화(調和)이며
넷째가 상황(狀況)의 행복(幸福)이며
다섯째가 상황(狀況)의 미래상(未來像)이다.

첫째, 상황(狀況)의 안정(安定)이란,
상황(狀況) 운용(運用)의 기본(基本)인
상황(狀況) 상태(狀態)의 안정(安定)이다.

둘째, 상황(狀況)의 발전(發展)인 선리(善利)란,

그 상황(狀況)에서, 최선(最善)의 이로움[利]이다.

셋째, 상황(狀況)의 조화(調和)란,
상황(狀況)이 처(處)한 부조화(不調和)를 해결하는
합리적 조화(調和)의 가치(價値)인
균형적 조화(調和)의 아름다움을 갖춤이다.

넷째, 상황(狀況)의 행복(幸福)이란,
상황(狀況)의 심리(心理)에 불안감(不安感)이 없는
마음의 평안(平安)과 평화(平和)의 행복(幸福)이다.

다섯째, 상황(狀況)의 미래상(未來像)이란,
상황(狀況)의 미래(未來) 지향성(志向性)인,
꿈과 희망을 가진 바람직한 이상(理想)의 결과인
미래상(未來像)이다.

이러한
요소(要素)의 특성을 가진 정의(正義)의
정(正)의 정립(正立)을 하였어도,

상황(狀況) 인지(認知)의 지각력(知覺力)이
정(正)의 정립(正立) 수준(水準)에 이르지 못하면,

정립(正立)한 정의(正義)의
정(正)의 정립(定立)과 규정(規定)을
자연 긍정적으로 깊이 수용할 지각력(知覺力)인
수용 인지능력(認知能力)과
긍정적 심성순화력(心性順和力)과
지적(智的) 자각지혜력(自覺智慧力)의 부족으로,
악습(惡習)된 체질적 습관을 벗어나지 못하여
정(正)의 정립(正立)의 질서가 무너지고
정(正)의 정립(定立)과 규정(規定)의 운용(運用)이
선행(善行)되지 않는 체질적 상황이나
사회(社會)가 될 수가 있다.

만약, 정의(正義)의
정(正)의 정립(正立)의 질서가 무시되고
정(正)의 정립(定立)과 규정(規定)의 운용(運用)이
순조롭게 순리(順理)를 따라 선행(善行)되지
않을 때에는

그,
어떤 상황, 또는, 사회(社會)이든,
그 상황의 안정(安定)이 불안(不安)하고
그 사회발전을 저해(沮害)하는 요소들이 있어,

정의(正義)를 정립(正立)한
선행적(善行的) 운용(運用)의 장애(障礙)를 일으켜,
그 상황(狀況)의 부조화(不調和)로
서로 어우른 삶의 조화(調和)의 가치(價値)인
서로 어우른 조화(調和)의 관계적 균형(均衡)과
삶의 상생(相生), 조화(調和)의 아름다움을
갖추지 못함으로,

그에 따른
사회적(社會的), 개인적(個人的),
다양한 심리(心理)의 불안감(不安感)은,
사회적(社會的) 운용(運用)에 의지한 기본 삶인
사회적 삶의 꿈인 마음의 평안(平安)과
평화(平和)의 행복(幸福)을 불안(不安)하게 하며,
사회적 삶의 지향적(志向的) 미래상(未來像)이며,
바람직한 꿈과 희망의 삶인
사회적, 개인적, 삶의 행복(幸福) 이상(理想)이
불안정(不安定)하게 된다.

그러므로,
모든 상황(狀況)의 안정(安定)된 발전(發展)과
삶이 아름답고 행복한 환경의 조성(助成)과

미래(未來)를 향한 꿈과 희망의 이상(理想)세계를
구축(構築)하기 위해서는,

반드시,
그 상황(狀況)에 따른 운용(運用)의 정의(正義)인
정(正)을 정립(正立)하고,
정(正)의 정립(定立)에 따른 규정(規定)을 세워
확립(確立)하며,

그 확립(確立)된,
정(正)의 정립(定立)에 의한
한 어우름 상생융화(相生融和)의 행복사회
인지(認知)의 지각력(知覺力)을 일깨우며,

정(正)에 의한
정의(正義)의 의지(意志)로
사회적 삶의 불안(不安)을 안정(安定)되게 하고
사회발전을 저해(沮害)하는 요소들을 제거하며,

서로 어우른 상황(狀況)의 부조화(不調和)를,
서로 어우른 삶인, 조화(調和)의 가치를 일깨우며,
서로 어우른 조화(調和)의 관계적 상생(相生)으로
삶이 안정된 조화(調和)의 아름다움을

두루 갖추게 해야 한다.

그에 따른
사회적(社會的), 개인적(個人的),
심리(心理)의 불안감(不安感)을 해소(解消)해,
사회적(社會的) 운용(運用)에 의한
사회적 삶의 기대(期待)인 마음의 평안(平安)과
평화(平和)의 행복(幸福)을 안정(安定)되게 하며,

사회적 삶의 지향적(志向的) 미래상(未來像)인
바람직한 꿈과 희망을 품은 이상(理想)을 향해
모두의 삶이 아름다운 행복사회로 진화(進化)하고,

그,
정(正)의 정립(正立)과 정의(正義)에 대해
끊임없는 성장과 발전, 승화(昇華)를 위해
끊임없이 사유(思惟)하고, 살피어 점검하며
또, 확인(確認)하여,

모두의 행복을 위한
아름다운 삶의 이상(理想)을 지향(志向)하는
그 정신(精神)을 승화(昇華)시켜
끊임없이 계승(繼承)하며, 발전시켜 나가야 한다.

그, 어떤 상황이든
정(正)이 정립(正立)되지 않고,
정(正)의 정의(正義)가 확립(確立)되지 않으면,
정(正)의 정의(定義)를 도출(導出)하지 못해
정(正)의 정립(定立)을 건립(建立)하지 못하므로,

개인적 삶이든,
또한, 국가(國家)나, 어떤 사회(社會)이든
또는, 어떤 집단(集團)이든
그 꿈과 희망을 위해 골똘히 생각하고
그에 바람직한 이상(理想)을 꿈꾸며 계획해도

그 상황(狀況)의 바람직한 지혜(智慧)인
정(正)의 정립(正立)이 되지 않으므로
정(正)의 정의(正義)가 확립(確立)되지 않아
정(正)의 정의(定義)를 도출(導出)하지 못해
그 명확한 지향의 방향성(方向性)을 가름하고
결정할 수가 없으므로,
무엇을 하든, 그 운용(運用)의 문제점으로
시행(施行)의 착오(錯誤)와 오류(誤謬)를 거듭하는
그 방황(彷徨)의 경험을 통해,

스스로,

잘못된 방향 설정과 오류(誤謬)의 인식(認識)을
철저히 자각(自覺)함으로써
상황(狀況)의 인식(認識)을 새롭게 하며,
거듭되는 시행착오(施行錯誤)를 겪으면서
그 경험(經驗)의 축적(蓄積)으로,

다시, 경험하지 못한
인생(人生)의 삶을 배우고 익히며,
사람을 대하는 마음가짐과
상황(狀況)을 인식(認識)하는 관점(觀點)과
상황(狀況) 처리의 방향성(方向性)과
자기 자신 마음가짐의 정신(精神)과
자기 행위(行爲) 다스림의 의식(意識)이 변화하며
더욱 개선(改善)된 성숙한 안목(眼目)과
경험축적에 의한 지혜로운 인간상(人間像)을
확립하게 된다.

무슨
상황(狀況)이든, 정의(正義)의
정(正)을 정립(正立)하고,
정(正)을 정립(定立)해 확립(確立)함은,
개인적 삶이든

사회적 운영(運營)이든
삶의 기본(基本) 방향성(方向性)을 명확히
확립(確立)함이다.

그,
확립(確立)된 정의(正義)의
정(正)의 정립(正立)에 의해,
정(正)을 정립(定立)한
그 기본(基本) 방향성(方向性)을 따라,
정(正)의 정립(定立)에 대한 규정(規定)을
명확히 확립(確立)함으로,

그에 상응(相應)한 관계의 모두가
상황(狀況) 인지(認知)의 지각력(知覺力)을 일깨워
정(正)의 정립(定立)에 의한 개인적 삶과
또한, 사회적 운용(運用)의 토대(土臺)가 되는
기틀을 세우며,

그 정(正)이 정립(定立)된
규정(規定)의 방향성(方向性)을 따라,
바람직한 의지(意志)와
그에 걸맞은 바람직한 마음가짐의 개선(改善)과
그 목적의식(目的意識)을 가진

정신적 의식(意識) 향상(向上)의 진화(進化)와
끊임없는 상승(上昇)의 자기 변화와
또한, 그에 상응(相應)한
바람직한 사회변화(社會變化)를 이룩함이
정의(正義)를 바탕한 이상세계(理想世界)이다.

이러한
바람직한 정의(正義)의 바탕 속에
이상세계(理想世界)를 추구하고 향해야 함은,
왜냐하면,
꿈과 희망을 가짐은,
그에 걸맞은 바람직한 지혜(智慧)를 바탕으로
자기 극복의 변화와 개선(改善)을 목적한
결정(決定)이며, 마음가짐이기 때문이다.

그러므로,
꿈과 희망을 가짐은,
그 꿈과 희망에 걸맞은
그에 상응(相應)한 적극적 자기 개선(改善)과
자기 의식(意識)의 긍정적 변화와
정신진화(精神進化)의 끊임없는 변화를 통해
무엇이든 이룩할 수 있는 것이니,

이는,
꿈과 희망을 향한 자기 극복(克服)의 변화와
끊임없는 노력의 가치(價値)에 의한
결과물(結果物)이기 때문이다.

누구나,
꿈과 희망은
끝없이 가질 수가 있어도,

그,
꿈과 희망에 걸맞은
그에 상응(相應)한 긍정적 자기 개선(改善)과
불굴(不屈)의 의지(意志)로
자기 극복(克服)을 꾀하는 현명한 사람은
쉽지 않다.

마음에
꿈과 희망이 클수록
당연히, 그에 상응(相應)한
끊임없는 자기 개선(改善)이 따라야 하며,

꿈과 희망이
심오(深奧)하거나 원대(遠大)할수록
끊임없는 자기개선(自己改善)을 위한 극복의
치밀함을 놓치지 말아야 한다.

꿈과 희망도
그에 상응(相應)한 정(正)의 정립(正立)과
정(正)을 명확히 정립(定立)한
명확한 방향성(方向性) 확립(確立)의 안목(眼目)과
바람직한 자기개선(自己改善)의 의지(意志)가
명확해야 한다.

그것이 무엇이든,
성취(成就)하고자 하는 꿈과 희망이 있다면,
그에 상응(相應)한 바람직한 운용의 정의(正義)
정(正)의 정립(正立)이 중요하며,
정(正)의 정립(正立)이 명확해질수록
정(正)이 자연스레 정립(定立)되며,

정(正)의 정립(定立)을 토대로
정(正)의 정립(定立)을 규정(規定)하여
설정(設定)함으로,

정(正)의 정립(正立)이 명확히
당연한 일관된 통일성(統一性)을 이루며,
그에 따른
자연긍정적(自然肯定的) 행위규범(行爲規範)이
바람직하게 확립(確立)이 된다.

그,
확립(確立)된
자연긍정(自然肯定)의 행위규범(行爲規範)
상황(狀況)에 따라,
그에 걸맞은 투철한 자기 개선의지(改善意志)와
그에 바람직한 자기 의식진화(意識進化)와
그에 합당한 정신승화(精神昇華)를 도모하는
끊임없는 의지(意志)의 노력을 바탕으로
원(願)하는 그 결과를 완성(完成)할 때까지
자기 승화를 위한 다양한 변화의 진화(進化)는
끊임이 없어야 한다.

그것은, 곧,
자기 존재(存在) 가치(價値)를 지향(志向)하는
자기 존재(存在) 진화(進化)의 과정(過程)이며,
자기 존재(存在) 가치를 위한 추구(推究)의 삶인

자기 삶이 끊임없이 진화(進化)하는 지향성이니
이는, 삶의,
자기 가치(價値), 무한 결정성(決定性)을 향한
의지(意志)의 길이다.

또한,
이러한, 인위적(人爲的) 정(正)의 개념(概念)을
초월(超越)한,
무한(無限) 무궁(無窮), 절대적(絕對的)
완전한 정(正)의 세계가 있으니,

이는,
시방(十方) 우주(宇宙)의 만물(萬物)을 운행하는
절대성(絕對性)인
일체(一切) 만물(萬物)의 본성(本性)이다.

시방(十方),
우주(宇宙)의 만물(萬物)을 운행(運行)하는
절대성(絕對性)인 본성(本性)은
무엇에도 치우침이 없는
무한 절대정(絕對正)의 성격을 지니고 있으므로,

우주(宇宙)의 만물(萬物)을 운행하여도
조금도, 무엇에 치우치는 사심(邪心)이 없어,
그 무엇에도 치우침이 없으므로
시방(十方) 우주(宇宙)의 만물(萬物)을 운행하여도
작은 빈틈이나, 허물이 없고,

그,
무엇에도 치우침 없는 공력(功力)으로,
이 시방(十方) 우주(宇宙) 만물(萬物)을 운행함에
허술하지 않은 절대정(絕對正)의 치밀함으로,
변함없는 우주(宇宙) 만물(萬物)의 흐름인
그 섭리가 부서지거나 뒤틀리거나 파괴되지 않고
무한 절대정(絕對正)의 섭리 속에 운용(運用)되고
있음이다.

이,
절대정(絕對正)은
절대성(絕對性)의 성품으로,
절대중(絕對中)의 불가사의 공력(功力)에 의한
일도정행(一道正行)이니,

이는,

절대성(絕對性)이
절대중(絕對中)을 벗어나지 않는
절대중(絕對中)의 섭리(攝理)로
절대정(絕對正)의 조화(造化)를 행(行)함으로,

그,
무엇에도 치우침 없는
절대정(絕對正)의 일체평등(一切平等)이며
절대정(絕對正)의 일체균형(一切均衡)이며
절대정(絕對正)의 일체조화(一切調和)이며
절대정(絕對正)의 일체안정(一切安定)이며
절대정(絕對正)의 일체평정(一切平定)이며
절대정(絕對正)의 일체평화(一切平和)이며
절대정(絕對正)의 일체섭수(一切攝受)의 세계이다.

이,
절대성(絕對性)의 섭리(攝理)는
절대중(絕對中)의
절대정(絕對正)의 섭리(攝理)이므로,

절대중(絕對中)인
절대정(絕對正)의 섭리(攝理)를 벗어나면

그 존재(存在)가 무엇이든

이는, 절대정(絕對正)인,

일체평등(一切平等)의 섭리(攝理)와

일체균형(一切均衡)의 섭리(攝理)와

일체조화(一切調和)의 섭리(攝理)와

일체안정(一切安定)의 섭리(攝理)와

일체평정(一切平定)의 섭리(攝理)와

일체평화(一切平和)의 섭리(攝理)와

일체섭수(一切攝受)의 섭리(攝理)인

일체(一切),

불이총화(不二總和)의 세계를 벗어남이니,

그 존재(存在)는

곧, 소멸(消滅)되어 사라진다.

이는,

그 존재(存在)는

이 절대중(絕對中)의 섭리(攝理)인

절대정(絕對正)의 섭리총화(攝理總和)의 세계에서

존재(存在)할 수가 없기 때문이다.

왜냐하면,

일체(一切) 존재(存在)는,
이 절대성(絕對性)의 섭리(攝理)인
절대중(絕對中)의
절대정(絕對正)의 섭리(攝理)에 따라
절대성(絕對性)의 공력(功力)으로 생성(生成)되어
그 섭리(攝理)에 의지해 존재(存在)하는
개체성(個體性)이기 때문이다.

이,
중심(中心)의 섭리(攝理)는
오직, 절대중(絕對中)의 일도(一道)이며,
절대중(絕對中)의 일도(一道)가
곧, 절대정(絕對正)의 섭리(攝理)이다.

이,
절대정(絕對正)의 섭리(攝理)는
절대성(絕對性)을 벗어나지 않으므로
절대성(絕對性)의 일도정행(一道正行)을 일러
절대중(絕對中)이라고 하며,
또한,
절대정(絕對正)이라고 한다.

그러므로,

인위(人爲)를 벗어나

일체(一切)를 초월(超越)한 정(正)은

그 무엇에도 치우침이나 이끌림이 없는

절대성(絶對性)의 성품으로

절대성에 의한 절대중(絶對中)의 섭리(攝理)이며

절대성에 의한 절대정(絶對正)의 운행(運行)이며

절대성에 의한 절대총화(絶對總和)의 세계이다.

이,

일도(一道)의 운행(運行)과 흐름이

곧, 명(命)이다.

이,

명(命)이 작용하여 나아감을 일러

섭리(攝理)라고 하며,

이,

섭리(攝理)에 의한 조화(造化)가

만물(萬物)의 생성(生成)과 변화와 운행(運行)이며,

이,

섭리(攝理)에 의한 운행(運行)이

시방(十方) 우주(宇宙)의 운행(運行)이며
만물(萬物)의 섭리(攝理)이다.

이는,
절대성(絕對性)에 의한
절대중(絕對中)의 일도(一道)의 명(命)으로
절대정(絕對正)의 섭리(攝理)를 따르는
성(性)의 일도일행(一道一行)이다.

그러므로,
이 절대성(絕對性)의 일도(一道)는,
정의(正義)의
정(正)을 정립(正立)하여 건립(建立)하고,
정(正)을 정립(定立)하여 규정(規定)함에 의한
정(正)의 세계가 아니다.

이는,
일체초월(一切超越)의
절대성(絕對性)에 의한 절대중(絕對中)의
일도정행(一道正行)에 의한
무한총화(無限總和)의 절대정(絕對正)의 세계이다.

이는,

무엇을 정(正)으로 정립(正立)하고

무엇을 정(正)으로 규정(規定)하며

무엇을 정(正)으로 결정(決定)하여 정립(定立)한,

정의(正義)가 아니므로,

그러한,

인위적(人爲的) 정(正)은

상황(狀況)에 상응(相應)한 정(正)이므로,

그 상황(狀況)에 상응(相應)한 차별화 속에

정(正)의 정립(正立)의 정의(正義)가 변화함으로,

이는,

시방(十方) 우주(宇宙)의 만물(萬物)을 운행하는

절대적 무한공력(無限功力)인

일체평등공력(一切平等功力)과

일체균형공력(一切均衡功力)과

일체조화공력(一切調和功力)과

일체안정공력(一切安定功力)과

일체평정공력(一切平定功力)과

일체평화공력(一切平和功力)과

일체섭수공력(一切攝受功力)이

불이(不二)의 융화(融化)로

불가사의 무한총화(無限總和)를 이룬
일체융화무한공력(一切融化無限功力)을 갖추지
못하므로

그,
정립(正立)한 정(正)의 공력(功力)으로는
이, 무한세계(無限世界) 무한총화(無限總和)의
우주(宇宙)의 만물(萬物)을 운행(運行)할 힘이며,
절대성에 의한 절대정(絶對正)의 섭리에는,
그 어떤 정(正)을 정립(正立)한
그 어떤 최상(最上)의 정의(正義)이어도
그 공력(功力)의 부족(不足)으로
일체(一切)를 차별 없이 섭수할 수가 없어
우주(宇宙)의 만물(萬物)을 운행할 수가 없다.

그러므로,
인간(人間)이 아무리 뛰어나고
정의(正義)를 정립(正立)하여도,
이 시방(十方), 우주(宇宙)의 만물(萬物)을
운용(運用)할 수가 없으며,

인간(人間)이,

바람직한 최선(最善)을 지향한
정(正)을 정립(正立)하여 건립(建立)하며
정(正)을 정립(定立)하여 규정(規定)하여도,

시방(十方),
우주(宇宙)의 만물(萬物)을 운용(運用)하는
절대성(絶對性)의 섭리(攝理)이며
절대중(絶對中)의 일도일행(一道一行)인
절대정(絶對正)의 공력(功力)에 미치지 못한다.

이,
무한공력(無限功力)의
절대성(絶對性)의 섭리(攝理) 속에서
바람직한 정(正)의 도리(道理)를 밝게 깨닫고,
이 무한 절대성(絶對性)의 무한공력(無限功力)이
무엇에도 치우침이 없는 절대 완전성(完全性)인
절대중(絶對中)의 일도일행(一道一行)임을 알아,
절대정(絶對正)의 명(命)이 흐르는
정(正)의 일도(一道)의 도리(道理)와
정(正)의 일명(一命)의 섭리(攝理)를
깊이 궁구(窮究)하여,

이(是),
궁극(窮極)의
절대중(絕對中)의 정도(正道)인
일명일도(一命一道)를 밝게 깨달아야 한다.

이 정(正)은,
천지(天地)와 만물(萬物)과 사람에게
두루 통(通)하는 절대성(絕對性)에 의한
무한공력(無限功力)의 절대정(絕對正)으로,

이는, 무한(無限) 절대성(絕對性)인,
절대정(絕對正)의 일명일도(一命一道)에 의한
일체평등(一切平等)의 공력(功力)이며
일체균형(一切均衡)의 공력(功力)이며
일체조화(一切調和)의 공력(功力)이며
일체안정(一切安定)의 공력(功力)이며
일체평정(一切平定)의 공력(功力)이며
일체평화(一切平和)의 공력(功力)이며
일체섭수(一切攝受)의 무한(無限) 공력(功力)으로
일체불이(一切不二)의 융화(融化) 속에
불가사의 어우름의 절대적(絕對的) 한 세계,
무한총화(無限總和)를 이루는

일체융화무한공력(一切融化無限功力)의 세계이다.

정(正)의
정립(正立)에는,
순수정신(純粹精神)의 자연반응(自然反應)인
자연긍정(自然肯定)이 중요하며,

자연긍정(自然肯定)은,
당연한 정(正)에
순수정신(純粹精神)이 발현(發顯)하는
자연반응(自然反應)에 의한
순수정의(純粹正義)이기 때문이다.

자연긍정(自然肯定)이란,
순수 생명성(生命性)의 자연반응(自然反應)으로
순수감성(純粹感性)에서 발현(發顯)하는
자연반응안정현상(自然反應安定現象)이다.

이는,
자연적(自然的) 순수 순리(順理)를 따르고
자연적(自然的) 순수 질서(秩序)를 따르며

자연적(自然的) 순수 안정(安定)을 따르고
자연적(自然的) 순수 균형(均衡)을 따르며
자연적(自然的) 순수 조화(調和)를 따르고
자연적(自然的) 순수 평정(平正)을 따르며
자연적(自然的) 순수 평화(平和)을 따르고
자연적(自然的) 순수 행복(幸福)을 따르며
자연적(自然的) 순수 진선미(眞善美)의 성품,
지극한 조화(調和)의 아름다움을 따르고,
자연적 무한 순수반응(純粹反應)으로 따르는
자연순수감성(自然純粹感性)에 의한
자연반응적(自然反應的) 긍정현상(肯定現象)이다.

이는,
인위(人爲)나 조작(造作)이 아닌
순수(純粹) 자연심(自然心)의 마음에 동화(同和)된
자연반응적(自然反應的) 순응(順應)의 끌림인
순수긍정(純粹肯定)이다.

자연긍정(自然肯定)이란,
어린아이는 엄마를 찾고
어머니가 어린아이에게 젖을 물리며
부모(父母)가 자녀(子女)를 사랑하고

자녀(子女)가 부모(父母)를 존중하고 공경하며,

나무와 풀에서 새잎이 돋아나고
나무와 풀에서 꽃이 피어나 열매를 맺으며,

동쪽 하늘에서 해와 달이 솟아오르고
해와 달이 허공에서 밝게 빛나며
밤하늘에 별빛은 아름답고
물에서 물고기가 살며
바다에는 파도가 일렁이고
허공에는 구름이 두둥실 떠 있으며
자연의 순수한 모습은 아름답고
물은 높은 곳에서 아래로 흐르며
계절 따라 다른 꽃이 피어나고
바람이 자연스레 옷자락을 흔들며,

또한,
누구나 삶의 평화(平和)를 좋아하고
누구나 행복(幸福)을 좋아하며
누구나 아름다움을 좋아하고
누구나 순수함을 좋아하는
이것은,
순수감성(純粹感性)에서 발현(發顯)하는

자연긍정반응현상(自然肯定反應現象)의 끌림인
순수 마음과 순수 감성(感性)의 안정현상으로
자연긍정(自然肯定)의 세계이다.

이것이,
자연긍정(自然肯定)에 의한
순수의 정(正)이며,

이,
순수(純粹)
자연반응안정현상(自然反應安定現象)인
자연반응긍정(自然反應肯定)의 순수 끌림에 의한
자연순수안정작용(自然純粹安定作用)이
곧, 순수 자연긍정(自然肯定)의 정의(正義)이다.

이,
자연긍정(自然肯定)은
인위(人爲)와 조작(造作)을 벗어난
순수감성(純粹感性)에서 발현(發顯)하는
순수 자연반응안정현상(自然反應安定現象)의
순수 끌림에 의한
자연안정심리(自然安定心理)로,

이는,

순수 자연심(自然心), 본능(本能)에 의한

순수 안정(安定)과 평안(平安)과 평화(平和)와

순수 행복(幸福)을 지향(志向)하는

순수 본성에 의한 생태안정본능(生態安定本能)의

순수 자연심리반응(自然心理反應)인

안정심리현상(安定心理現象)이며, 작용이다.

그러므로,

자연긍정(自然肯定)은

순수 본성(本性)의 성품에 의한

자연반응안정현상(自然反應安定現象)으로,

누구에게나

공통적(共通的) 순수 공감대(共感帶)를

두루 형성하게 된다.

자연긍정(自然肯定)의 세계에는

순수 자연본능(自然本能)의 마음작용이므로,

순수 본연심(本然心)에 의해

서로 동화(同和)되어 하나로 일체화(一體化)되며,

누구나 자연긍정(自然肯定)의 상황에

부정적(否定的) 시각(視角)을 갖지 않는
정당(正當)한 당연성(當然性)을 가진다.

이것은,
곧, 정(正)의 기본(基本) 정신(精神)이며,

또한,
순수 정의(正義), 기본(基本) 추구(推究)의
이념(理念)이다.

이러한,
순수감성(純粹感性)에서 발현(發顯)하는
자연긍정(自然肯定)의
자연반응안정현상(自然反應安定現象)의
비밀(秘密)은,

마음, 순수 본성(本性)이
일체(一切) 조화(調和)를 추구(推究)하는
자연안정섭리(自然安定攝理)의 본능(本能)인
절대성(絕對性)의 작용에 의한 생태반응현상으로,
절대적 생태안정본능(生態安定本能)에 의한
순수자연본성(純粹自然本性)의 심리(心理)작용인

자연반응안정심리(自然反應安定心理)이며,
순수 자연긍정현상(自然肯定現象)이기 때문이다.

그러므로,
바람직한 완전함을 추구(推究)하는
정(正)은,
누구나, 그것이 바람직한 정(正)이며,
당연(當然)한 정의(正義)임을,
자연생태본능(自然生態本能)의 반응과 작용인
자연순수심리(自然純粹心理)의 반응현상으로
나타나니,
이는, 자연반응안정현상(自然反應安定現象)인
자연반응심리안정(自然反應心理安定)의 끌림과
자연반응긍정현상(自然反應肯定現象)의 끌림으로
나타난다.

이는,
생태안정(生態安定)을 위한
자연순수반응(自然純粹反應)의 끌림 현상인,
자연긍정적(自然肯定的) 끌림의 동화(同和)로
곧, 그것이 당연하고, 바람직한 바른 정(正)임을,
무엇이든, 헤아림의 분별심(分別心)이 아닌,

자연(自然) 감성(感性)의 순수심(純粹心)이 느끼고,
곧, 그것이 바른 정(正)임을 자각(自覺)하는
긍정적 자연 순수 감성(感性)의 안정력(安定力)인
자연반응안정심리(自然反應安定心理)의 현상,
순수 감응반응력(感應反應力)에 의한
자연긍정적(自然肯定的) 끌림의 현상인
자연반응력(自然反應力)으로 느끼며, 알게 된다.

이는,
순수자연감성(純粹自然感性)의
자연생체심리안정현상(自然生體心理安定現象)인
절대적(絕對的) 안정(安定)을 향하는
자연생태본능(自然生態本能)에 의한
자연반응안정심리현상(自然反應安定心理現象)이다.

이,
순수자연반응안정현상(純粹自然反應安定現象)의
끌림인
자연긍정(自然肯定) 속에는

그것이,
절대적(絕對的) 안정(安定)을 위한
당연한 정(正)이며, 정의(正義)임을,

순수(純粹),
생태본능자연안정현상(生態本能自然安定現象)인
자연생체안정심리현상(自然生體安定心理現象)으로,
순수자연감성안정심리(純粹自然感性安定心理)의
자연감성안정반응현상(自然感性安定反應現象)으로
자연스레 자각(自覺)하며, 느끼게 된다.

왜냐하면,
마음의 본성(本性)은,
이,
우주(宇宙)의 중심(中心)이며,
이, 우주(宇宙)의 근본(根本), 절대성 성품이므로

이,
우주(宇宙)를
무한안정(無限安定)으로 운용(運用)하는
절대중(絶對中)인, 절대성(絶對性)의 성품이기
때문이다.

이, 무한(無限),
순수감성(純粹感性)에서 발현(發顯)하는
자연반응안정심리현상(自然反應安定心理現象)은

완전한 절대성의 순수안정심리(純粹安定心理)에서
자연반응(自然反應)함으로,
자연스레 순수의 자연감성(自然感性)이 끌리고,
그 순수성 속에 자각(自覺)하며
순수반응안정심리현상(純粹反應安定心理現象)의
끌림 속에,
자연스레 그것이, 바른 정(正)이며,
정의(正義)임을 느끼게 된다.

그 까닭은,
마음의 본성(本性)은
완전한 절대적(絕對的) 정(正)의 중심(中心)으로,
무엇에 조금도 치우침이 없는
완전한 절대 안정(安定)이며
완전한 절대 평정(平定)이며
완전한 절대 평등(平等)이며
완전한 절대 균형(均衡)이며
완전한 절대 조화(調和)이며
완전한 절대 평화(平和)이며
완전한 절대 행복(幸福)의 절대성(絕對性)으로
완전한 절대정(絕對正), 무한공력(無限功力)의,
순수정의(純粹正義)의 생명(生命) 성품이기
때문이다.

이(是),
순수 본성(本性)의 작용에 의한 마음 끌림인
자연긍정(自然肯定)이
곧, 바른 정(正)이며,
또한, 바른 정의(正義)임을
자연생체안정심리현상(自然生體安定心理現象)인
절대성 순수정신의 자연반응(自然反應)에 의해
생태안정심리(生態安定心理)의 현상인
자연(自然) 순수반응(純粹反應)으로
자연스레, 안정심리(安定心理)의 순수심이 끌리어
자연 생태안정평안(生態安定平安)의 조화(造化)로
자연스레, 그것이 정(正)임을 자각(自覺)하며,
순수 감성(感性)의 끌림으로, 느끼게 된다.

이, 순수(純粹),
절대성(絕對性)의 절대안정(絕對安定)을 향한
자연긍정(自然肯定)인 정(正)의 세계는,
모든 생명체(生命體)는
자연반응안정섭리현상(自然反應安定攝理現象)으로
자연스레 느끼고 감응(感應)하며
끌리어 반응(反應)함으로,

철새는, 계절을 따라 자연스레 움직이고

꽃은, 생태안정반응현상(生態安定反應現象)으로
계절 따라 자연반응현상(自然反應現象)으로
자연스레 꽃을 피우며,

연어(鰱魚)는,
넓은 바다에서 살다가도
때가 되면 자연스레
자연반응생태안정현상(自然反應生態安定現象)으로
자기가 태어난 고향(故鄕)을 찾아
바다로 내려갔던 그 물길을 다시 거슬러
자기가 태어난 그 고향(故鄕)으로
되돌아 온다.

모든,
어린 생명체(生命體)는
사람이든, 새든, 뭇 생명체들이
자연안정심리반응현상(自然安定心理反應現象)으로
생명(生命)의 근원(根源)이며
그 생명안정(生命安定)의 모체(母體)인
그 어미의 따뜻한 품을 찾아 들고,

모든,

시방(十方) 우주(宇宙)의 존재(存在)들은
그 존재(存在)의 근원(根源)인
중심(中心)의 권역(圈域)을 벗어나지 않고
자기 궤도(軌道)를 유지하며 맴돌고 있다.

이,
어린 생명체(生命體)가
자연안정심리반응현상(自然安定心理反應現象)으로
생명(生命)의 근원(根源)이며
자기(自己) 생명안정(生命安定)의 모체(母體)인
그 어미의 품을 찾아 들고,

또한,
시방(十方) 우주(宇宙)의 존재(存在)들은
자연반응생태안정현상(自然反應生態安定現象)으로
그 존재(存在)의 근원(根源)인
중심(中心)의 권역(圈域)을 벗어나지 않고
자기 생태안정(生態安定)의 궤도(軌道)를 유지해
맴돌고 있음은,

그,
자연반응생태안정섭리(自然反應生態安定攝理)로

곧, 자기 생태본능(生態本能)인
생태안정섭리(生態安定攝理)에 의한
생태안정자연섭리조화(生態安定自然攝理造化)이니,
이는, 곧,
그 생명(生命)의 중심(中心),
무한 순수 절대성인 자연공력(自然功力)에 의한
무한안정섭리(無限安定攝理)의 생태작용이기
때문이다.

그 까닭은,
모든, 존재(存在)는
생태안정섭리(生態安定攝理)에 의한
자연반응생태안정섭리(自然反應生態安定攝理)의
자연현상(自然現象)으로,
그 자연공력(自然功力)이 인연관계 속에 작용하여
일체가 자연스레 그 순리(順理)와 섭리를 따라
운행(運行)하고, 작용하기 때문이다.

또한,
존재(存在)의 길은
생태안정섭리(生態安定攝理)의 길을 벗어나면,
자기 존재(存在)의 생태안정(生態安定)이

유지(維持)되지 않으며,

또한,
자기 생명(生命)의 근원(根源)인
성품의 모체(母體), 절대성의 섭리를 벗어나면
존재(存在)를 유지(維持)할 수가 없다.

왜냐면,
일체 존재(存在)는
존재의 근본 성품인 절대성(絕對性)의 안정작용
생태안정섭리(生態安定攝理)의 조화(造化)와
작용에 의한
자연반응안정섭리현상(自然反應安定攝理現象)에
의지해, 존재의 삶이 이루어지기 때문이다.

그러나,
이,
정(正)을 정립(正立)하고,
정의(正義)하며,
정(正)의 정립(正立)을 규정(規定)하고,
정립(定立)하여 정의(定義)함에는

그에 상응(相應)한
순수지성(純粹智性)이 무한(無限) 열린
절대성(絕對性)의 성품에 들어,
무한궁극(無限窮極)의 지혜가 완전(完全)히
열리어야만

인위(人爲)와 조작(造作)을 벗어난
불가사의 세계, 절대중(絕對中)의
무한공력(無限功力)의 성품섭리(性品攝理)인
일체평등(一切平等)의 무한공력(無限功力)과
일체균형(一切均衡)의 무한공력(無限功力)과
일체조화(一切調和)의 무한공력(無限功力)과
일체안정(一切安定)의 무한공력(無限功力)과
일체평정(一切平定)의 무한공력(無限功力)과
일체평화(一切平和)의 무한공력(無限功力)과
일체섭수(一切攝受)의 무한공력(無限功力)의
불가사의 불이(不二)의 절대성(絕對性),
일체융화(一切融化)의 무한총화(無限總和),
무한 통일성(統一性)을 이룬
일성무한공력총화(一性無限功力總和)의 불가사의
섭리의 세계를 알 수가 있다.

왜냐하면,

이는, 무한(無限) 궁극(窮極),
절대성(絕對性)의 무한 불가사의 특성인
일체(一切) 불가사의 평등(平等)의 공력(功力)과
일체(一切) 불가사의 균형(均衡)의 공력(功力)과
일체(一切) 불가사의 조화(調和)의 공력(功力)과
일체(一切) 불가사의 안정(安定)의 공력(功力)과
일체(一切) 불가사의 평정(平定)의 공력(功力)과
일체(一切) 불가사의 평화(平和)의 공력(功力)과
일체(一切) 불가사의 섭수(攝受)의 공력(功力)이
일체(一切) 불이(不二)의 융화(融化)로
불가사의 무한총화(無限總和)를 이룬
무한무궁(無限無窮) 절대성의 조화(調和)인
무한 통일성(統一性)을 이룬 불가사의
일성총화(一性總和)로,
일체무한융화공력(一切無限融化功力)의
절대성(絕對性) 공력총화(功力總和)의 세계이기
때문이다.

이는,
시방(十方) 우주(宇宙) 만물(萬物)의 섭리이며,
나의 본성(本性), 무한공력(無限功力)이 갖춘
불가사의 비밀스러움이다.

이는,
완전한 절대성의 정(正)이며
완전한 절대성의 정의(正義)의 실체(實體)이며
생명(生命)의 실상(實相),
일성총화(一性總和)의 절대성(絕對性),
불가사의 공력총화(功力總和)의 세계이다.

그러므로,
나의 생명(生命) 본성(本性)이
무엇에도 치우침 없는 완전한 절대성(絕對性)으로
일체를 이롭게 하는 완전한 정(正)이며,

이, 성품 작용인
생명(生命) 본성(本性)으로부터 발현(發顯)하는
생태본능자연반응현상(生態本能自然反應現象)이
자연생체안정심리현상(自然生體安定心理現象)이며,
자연반응생태안정현상(自然反應生態安定現象)인
생태안정순수섭리작용(生態安定純粹攝理作用)이
곧, 절대성(絕對性), 완전한 절대중(絕對中)의
지극한 절대(絕對) 정의(正義)를 행하는,
순수 절대성(絕對性)의 일명일도(一命一道),
정의(正義)의 모습이다.

이,
정(正)의 실체(實體)는,
곧, 생명성(生命性)인 절대성(絶對性)이며,

이, 절대(絶對) 정의(正義)는,
곧, 시방(十方) 우주(宇宙)를 운용(運用)하는
무한 절대성(絶對性)인 생명(生命) 성품의
순수 안정섭리(安定攝理)의 길이다.

그러므로
눈으로 보는 순수 성품은, 항상,
순수 자연긍정섭리(自然肯定攝理) 속에 있으므로,
자연긍정(自然肯定)의 공력(功力)으로
순수자연(純粹自然)의
자연긍정(自然肯定)의 세계를 긍정적으로 보며,

귀로 듣는 순수 성품은, 항상,
순수 자연긍정섭리(自然肯定攝理) 속에 있으므로,
자연긍정(自然肯定)의 공력(功力)으로
순수자연(純粹自然)의
자연긍정(自然肯定)의 소리를 긍정적으로 듣는다.

이는,

곧, 순수 생명(生命) 성품의 작용으로,

생명(生命)이 살아 있는

순수 생명작용인 들숨과 날숨은

우주(宇宙)와 불이(不二)의 하나로 융화(融化)하는

우주(宇宙)와 하나인 무한총화(無限總和),

순수 본성공력(本性功力)이 작용하는

불가사의 생명세계(生命世界)의 심오(深奧)함이다.

이(是),

자연긍정(自然肯定)은

곧, 우주(宇宙) 운행의 지극한 성품작용,

순수 안정섭리(安定攝理)를 따르는

생태본능자연반응현상(生態本能自然反應現象)인

생명안정섭리(生命安定攝理)이며,

순수반응자연생태안정섭리(純粹反應自然生態安定攝理)이니,

이는,

자연반응생태안정현상(自然反應生態安定現象)이다.

이는,

절대성(絕對性)의

절대중(絕對中)의 일도일행(一道一行)인
절대정(絕對正)의 명(命)을 따르는
일체초월(一切超越)
순수 생명성(生命性)의 정(正)의 정립(正立)이며
순수 생명(生命性)의 정의(正義)의 실현(實現)이다.

너와 나는
본래(本來), 이 우주(宇宙)의 한 성품,
한 생명(生命)이니,

너와 내가
한 생명(生命), 불이(不二)의 융화(融化)로,
혼연일체(渾然一體) 일성총화(一性總和)의
하나인 성품이
바로,
절대성(絕對性)의 정(正)이며,

너와 내가
한 생명(生命) 섭리(攝理)의 무한무궁(無限無窮),
불생불멸(不生不滅)의 영원(永遠) 무궁(無窮)한
그 우주(宇宙) 영원(永遠)의 길이,
곧,

무한(無限) 절대성(絕對性)인
일명일도(一命一道)의
순수, 절대정(絕對正)의 정의(正義)이다.

8. 명(命)

명(命)이란,
성(性)이 나아가는 일도(一道)이다.

명(命)은,
인식(認識)과 쓰임의 상황에 따라,
또는, 논(論)의 주체적(主體的) 성격에 따라
명(命)의 성격과 그 쓰임이 다르다.

명(命)은,
인위적(人爲的)임을 벗어난 것이니,
만약, 인위적으로 명(命)의 쓰임일 때에는
그 명(命)은, 정(正)이며,
또한, 정(定)이니,

이는, 인(印)으로,

결정적(決定的)인 성격을 가지고 있으니,
그 명(命)을, 상(傷)하게 하거나
조작(造作)이나 변조(變造)됨을 허락하지 않는
것이다.

왜냐면,
명(命)이 변한다면, 명(命)이 아니며,
변하는 것을, 명(命)이라 하지 않기 때문이다.

그러므로,
명(命)의 글에, 함의(含意)되고 함축(含蓄)된 뜻은,
변함이 없으므로 절대적(絶對的)이며
옳으므로 정(正)이며
당연함으로 수순(隨順)해야 하며
섭리(攝理)이므로 수용(受容)해야 하는 등의 뜻이
함의(含意)되고, 함축(含蓄)되어 있다.

그러므로,
명(命)에는,
인위(人爲)와 조작(造作)의 성격을 벗어난
결정적(決定的) 특성의 성격이 있다.

명(命)에는,
천명(天命), 생명(生命), 운명(運命),
지명(志命) 등이 있다.

이 각각 글의 뜻은 차별이 있겠으나
그 명(命)의 뜻에는
변함이 없으므로 절대적(絕對的)이며
옳음으로 정(正)이며
당연함으로 수순(隨順)해야 하며
섭리(攝理)이므로 수용(受容)해야 하는 등의 뜻이
함의(含意)되고, 함축(含蓄)되어 있다.

천명(天命)이란,
하늘의 성품이며, 섭리(攝理)이며, 운행(運行)이니
곧, 천도(天道)이다.

생명(生命)이란,
생명체(生命體)가 살아 있는 생명성(生命性)이니
곧, 생명체를 살아있게 하는 성품이다.

운명(運命)이란,
개체 또는 전체가 섭리를 따라 흐름이니

곧, 일체 조화(造化)의 흐름이다.

지명(志命)이란,
바른 뜻을 세워, 그 의지(意志)가 변함없이
어떤 상황에도 투철하게 나아감이니
곧, 의지(意志)의 바름이 변하거나 꺾이지 않고
나아감이다.

이 모두가, 성품의 작용이니,
명(命)이란,
성(性)이 나아가는 일도(一道)이다.

성(性)이란,
일체 만물(萬物)의 본성(本性)이며
일체 작용(作用)의 실체(實體)이며
일체 현상(現象)의 근본(根本)이며
일체 심식(心識)의 근원(根源)이다.

일도(一道)란,
성(性)이 작용하는 섭리(攝理)이니,
성(性)의 섭리(攝理)를 일도(一道)라고 함은
성(性)의 성품이 흐르는 명(命)으로,

무엇에도 치우침이 없는 성품, 절대성(絶對性)인
절대중(絶對中)의 작용이기 때문이다.

이,
절대성(絶對性)의 섭리(攝理)는
무엇에도 치우침 없는
완전한 절대성(絶對性)의 특성에 의한
절대중(絶對中)의 작용으로,
일체불이(一切不二)이며, 절대정행(絶對正行)의
명(命)이 나아가는 일도(一道)이므로,
절대성(絶對性)의 작용을 일러
일도(一道)라고 한다.

그러므로,
삼라만상(森羅萬象)의 만물(萬物)과
시방세계(十方世界)의 천지운행(天地運行)이
다양하고 복잡한 것 같아도

그 운행(運行)의 중심섭리(中心攝理)는
절대성(絶對性)의 섭리(攝理)에 의한
일체불이(一切不二)의 일도정행(一道正行)이니,

삼라만상(森羅萬象)의 만물(萬物)과
시방세계(十方世界)의 천지운행(天地運行)이
개체(個體)와 전체(全體)의 운행(運行)에
절대적(絕對的) 중심의 통일성(統一性)을 이루어,

그 절대적(絕對的), 완전한 중심(中心)의 섭리
일도정행(一道正行)을 따라,
개체(個體)와 전체(全體)가 하나로 융화(融化)된
불이조화(不二調和)의 통일성(統一性)을 이루며,
시방세계 만물(萬物)이, 절대성(絕對性) 한 섭리의
무궁상생조화(無窮相生造化)로
절대적, 완전한 중심 섭리의 한 어우름 속에
모두가 하나의 조화(調和)를 이룸이니,

이는,
개체(個體)와 전체(全體)가 서로 어우른
일체(一切) 총화(總和)의 통일성(統一性)을 이루는,
절대성 중심섭리의 절대정(絕對正)의 섭리인,
일성총화(一性總和)의 조율(調律)에 의해,
운행적(運行的) 안정(安定)과 평정(平定)과
조화(調和)와 평화(平和)의 세계를 형성하고 있다.

이 절대적 운행(運行)의 중심(中心)에는
완전한 일체불이(一切不二)의 절대성(絕對性)인
절대중(絕對中)의 절대중력(絕對中力)에 의해
운행(運行)하고 있음이다.

이 완전한 절대성(絕對性)인
절대중(絕對中)의 절대중력(絕對中力)은
곧, 본성(本性)이 가진 불가사의 공덕성(功德性)의
무한 공력(功力)이니

이는,
본성(本性)의 공덕성(功德性)인 무한 공력(功力)의
일도정명(一道正命)에 의해
일체만물(一切萬物)이 생성(生成)되고
운행(運行)함이다.

이 절대성(絕對性),
본성(本性) 섭리(攝理)의 불가사의 행(行)인
일도정행(一道正行)이 나아가는 흐름을 일러
명(命)이라 한다.

이(是), 명(命)은,

성(性)의 섭리에 의한 일도정행(一道正行)으로,
천지만물(天地萬物)과 삼라만상(森羅萬象)을
운행(運行)하는 섭리(攝理)의 도(道)이다.

그러므로
명(命)은, 절대성(絕對性)이 흐르는
일행(一行)이다.

성(性)이,
절대성(絕對性)이며,
절대성(絕對性)이, 만물의 근본 성(性)이다.

성(性)을,
절대성(絕對性)이라 함은,
성(性)은, 일체(一切) 대(對)가 끊어진
일체초월(一切超越)의 성품이니
절대성(絕對性)이라고 하며,

또한,
일체(一切) 대(對)가 끊어졌으므로
불이성(不二性)이라고도 한다.

불이성(不二性)이란,
대(對)인, 일체 차별의 대상(對相)이 끊어진
성품이다.

이는,
유무(有無), 생멸(生滅), 심신(心身), 자타(自他),
생사(生死), 내외(內外), 상하(上下), 고저(高低),
전후(前後), 대소(大小), 장단(長短), 능소(能所),
음양(陰陽), 남녀(男女), 시비(是非) 등의
일체 대상(對相)인, 차별의 이(二)가 존재하지
않는 성품이다.

불이성(不二性)이며
절대성(絶對性)인 성품이
일체만물(一切萬物)의 본성(本性)이며, 근본이니,
이를, 일컬어 성(性)이라고 한다.

이 성(性)이 작용하는
절대성(絶對性)의 섭리(攝理)인
불가사의 일도정행(一道正行)의 흐름이
곧, 명(命)이다.

이 성(性)이,
곧, 일체 근본(根本)의 생명성(生命性)으로,
일체 만물(萬物)의 생명작용(生命作用)을 하는
실체(實體)이며, 모든, 생명의 성품이다.

이 성(性)은,
생명성(生命性)이므로
물질계(物質界)의 일체(一切)와
의식계(意識界)의 일체(一切)를 창출하고,
그 작용을 하게 함으로
만물만상(萬物萬象)의 근본(根本)이며,
본성(本性)이라고 한다.

그러므로,
생명(生命)의 실체(實體)인
그 생명성(生命性)이 나아가며 흐르는
그 자체를 일러, 명(命)이라고 하며,

이 명(命)은,
절대성(絕對性)의 섭리(攝理)인
절대중(絕對中)의 일도(一道)를 행(行)함으로,
명(命)이 나아가는 흐름을 일러

일도정행(一道正行)이라고 한다.

그러므로,
명(命)이 나아가는 흐름에는
이 시방우주(十方宇宙) 만물(萬物)을 운행하는
절대성(絕對性)의 일도(一道)를 행함으로,

명(命)의 일도(一道)에
천지만물(天地萬物)이 생성소멸(生成消滅)하며,
춘하추동(春夏秋冬)이 갈아들고
만물만상(萬物萬相)이 변화한다.

그러므로,
사람의 생명이, 천지만물(天地萬物)의 생명이며,
천지만물(天地萬物)의 생명성(生命性)이
곧, 사람의 생명성(生命性)이다.

생명성(生命性)은,
절대성(絕對性)으로 일체불이성(一切不二性)이니,
절대성(絕對性)의 섭리, 일도정행(一道正行) 속에
사람의 생사(生死)와 만물(萬物)이 생멸(生滅)하는

일체조화(一切造化)의 섭리세계가 펼쳐진다.

그러므로,
천성(天性)인, 천명(天命)이 인명(人命)이며,
인명(人命)이, 천성(天性)인 천명(天命)이니,

그러므로,
천지조화(天地造化)의 명(命)이
일도정행(一道正行)의 한 섭리(攝理)를 따라
천(天)과 인(人)의 차별 없이
명(命)의 한 어우름 불이(不二) 속에
천지조화(天地造化)의 명(命)을 같이 한다.

그러므로,
일체(一切)의 뿌리는 성(性)이며
일체(一切)의 작용은 명(命)에 의함이며
일체(一切) 현상(現象)이 생멸(生滅)함은
명(命)이 흐르는 조화(造化)이다.

명(命)이,
하늘에 작용하면 천명(天命)이라고 하며

사람에 작용하면 인명(人命)이라고 하며
만물에 작용하면 만물의 성(性)이라고 한다.

명(命)은,
일체(一切)의 근본, 절대성(絶對性)인
성(性)이 흐르는 일도(一道)이다.

9. 성(性)

성(性)이란,
만물(萬物)의 본성(本性)이며
천지(天地)의 근본(根本)이며
일체생명(一切生命)의 실체(實體)이며
일체(一切) 물질세계(物質世界)와
일체(一切) 의식세계(意識世界)의 바탕이며,
시방 우주(宇宙) 천지만물(天地萬物)을 운행하는
섭리(攝理)의 당체(當體)이며, 주체(主體)이다.

일체(一切)의
본성(本性)이며, 근본(根本)이며, 실체(實體)이며,
바탕이며,

일체(一切)의
작용과 운행(運行)의 당체(當體)이며,

섭리(攝理)의 주체(主體)를 일컫고 이름함이
성(性)이라고 이름함은,

성(性)은,
심(心)과 생(生)의 뜻이
불이(不二)의 하나로 융화(融化)되어 이루어진
뜻의 글이다.

심(心)과 생(生)의 뜻이 융화(融化)된
성(性)에서의
심(心)은,
깊고 깊어 알 수 없는 은밀(隱密)의 뜻이 있으며
일체의 중심(中心)인 절대 중(中)의 뜻이 있으며
일체의 근본 핵(核)인 씨앗[種]의 뜻이 있으며
일체의 뿌리이며 바탕인 본(本)의 뜻이 있으며
어떤 앎으로 추측하고 추론하여도 알 수 없어
불가사의(不可思議)인 묘(妙)의 뜻이 있으며
시작 없이 존재함으로 무시(無始)의 뜻이 있으며
끝없이 존재함으로 무종(無終)의 뜻이 있으며
시간 없이 존재함으로 무궁(無窮)의 뜻이 있으며
모습 없이 충만하여 무한(無限)의 뜻이 있으며
그 작용이 뚜렷하여 두루 밝게 드러나므로

두루 밝은 명(明)의 뜻이 있다.

심(心)과 생(生)의 뜻이 융화(融化)된
성(性)에서의
생(生)은,
창생(創生)과 생성(生成)의 뜻이 있으며
조화(造化)와 섭리(攝理)의 뜻이 있으며
작용(作用)과 운행(運行)의 뜻이 있으며
변화(變化)와 생멸(生滅)의 뜻이 있다.

그러므로,
만물(萬物)의 본성(本性)이며
천지(天地)의 근본(根本)이며
일체생명(一切生命)의 실체(實體)이며
일체(一切) 물질세계(物質世界)와
일체(一切) 의식세계(意識世界)의 바탕이며,
시방 우주(宇宙) 천지만물(天地萬物)을 운행하는
섭리(攝理)의 당체(當體)이며, 주체(主體)가,

불가사의 특성인 심(心)의 성질과
불가사의 특성인 생(生)의 성질이 융화(融化)되어
있으므로,

일체(一切)의
근본(根本)이며, 바탕인 실체(實體)를 이름하여
성(性)이라고 한다.

이는,
일체(一切) 작용과 운행(運行)의 당체(當體)이며,
섭리(攝理)의 주체(主體)이다.

그러므로,
성(性)은,
만물(萬物)의 본성(本性)이며
천지(天地)의 근본(根本)이며
일체생명(一切生命)의 실체(實體)이며
일체(一切) 물질세계(物質世界)와
일체(一切) 의식세계(意識世界)의 바탕이며,
시방 우주(宇宙) 천지만물(天地萬物)을 운행하는
섭리(攝理)의 당체(當體)이며, 주체(主體)인
성품이다.

이, 성(性)은,
천지(天地)가 생기기 전(前)에도 존재했으며
천지(天地)가 소멸하여도 사라지지 않는 성품이다.

이, 성(性)이 존재하고
이, 성(性)의 성품이 가진 불가사의 특성인
무한무궁(無限無窮) 능력(能力)의 공덕(功德)으로
천지(天地)가 생겨나고
삼라만상(森羅萬象)이 생겨나며
시방세계 만물조화(萬物造化)의 운행(運行)이
이루어지고 있음이다.

이, 일체(一切)가
성(性)의 불가사의 작용이니,
이는, 성(性)의 불가사의 공덕력(功德力)으로,
성(性)의 불가사의 섭리(攝理)의 작용과 운행의
모습이다.

이, 성(性)을 일러
천부경(天符經)에서는
일시무시일(一始無始一)이라고 했으며
일종무종일(一終無終一)이라고 했다.

이, 성(性)을 깨달음을
천부경(天符經)에서는
본심(本心)이,

천지(天地)가 나뉘기 전(前)의
본래(本來) 태양처럼 두루 밝음, 그대로인
본심본태양앙명(本心本太陽昻明)이라고 하였으며,

이 지혜(智慧)는,
천지인(天地人)이 하나인 지혜(智慧)이니,
이 지혜경계(智慧境界)를 일컬어
사람의 성품 중(中)에 천지(天地)가 하나인
인중천지일(人中天地一)이라고 하였으며,

이 성(性)을 깨달음으로,
이 지혜(智慧)를 통달(通達)한 사람을 일러
본심(本心)이 본래 태양처럼 두루 밝은 사람인
본심본태양앙명인(本心本太陽昻明人)이라고
하였다.

이(是),
본심본태양앙명인(本心本太陽昻明人)의
통달지혜(通達智慧)는
일시무시일(一始無始一)의 시원(始原)의 일(一)과
일종무종일(一終無終一)의 종극(終極)의 일(一)인
시극(始極)과 종극(終極)을 두루 통한

성통광명인(性通光明人)이다.

왜냐하면,
성(性)이 곧,
일시무시일(一始無始一)이며,
일종무종일(一終無終一)의 성품이기 때문이다.

이 성(性)의 특성을
천부경(天符經)에서는
만왕만래용변부동본(萬往萬來用變不動本)이라
함이니,

이는,
만물만상(萬物萬象)이 생멸변화(生滅變化)하는
무수변화(無數變化)와 무궁조화(無窮造化)의 흐름
속에서도

이 성(性)은,
일체상(一切相)의 변화무쌍(變化無雙)에도
동(動)함 없는 부동성(不動性)이니,
이 근본(根本) 성품의 특성을

부동본(不動本)이라 함은,

일시무시일(一始無始一)의 시원(始原)의 일(一)과
일종무종일(一終無終一)의 종극(終極)의 일(一)이
맞물리어도,
원융불이(圓融不二)의 융화일통(融化一通)인
불가사의 원융부동성(圓融不動性)이기
때문이다.

그러므로,
만물만상(萬物萬象)이 생멸변화(生滅變化)하며
무수변화(無數變化)의 무궁조화(無窮造化) 속에도
성(性)은, 동(動)함이 없는
부동성(不動性)임을
성통광명(性通光明)의 지혜(智慧)로 꿰뚫은
그 성(性)의 지혜성품 경계(境界)를
만왕만래용변부동본(萬往萬來用變不動本)이란
일성무상지혜구(一性無相智慧句)로써
이 불가사의 성(性)의 특성을 잘 드러내고 있다.

이는,
불법(佛法)에서,
본성(本性)을 일러
일체(一切)에 동(動)함이 없는 부동성(不動性)인

생멸(生滅) 없는 열반성(涅槃性)이라 함과
동일하다.

불법(佛法)에서도
일체(一切)에 동(動)함이 없는 부동성(不動性)인
이 열반부동성(涅槃不動性)을 일러
일체물(一切物)과
일체법(一切法)과
일체심(一切心)의 근본(根本)이며,
본성(本性)이라고 한다.

또한,
이 성(性)의 특성인,
일체(一切)에 동(動)함이 없는 부동성(不動性)에
듦을 일러
열반성(涅槃性)에 듦이라 하며,

이 성(性)의 특성인,
이 성품에 든 무상지혜(無上智慧)를 이름하여
아뇩다라삼먁삼보리(阿□多羅三邈三菩提)라고
한다.

이 성(性)의 지혜(智慧)를 일컬어
불법(佛法)에서는
위 없는 최고최상(最高最上)의 밝은 지혜(智慧)인
무상지(無上智)라고 하며,

또한,
어떤 지혜(智慧)이든
이 지혜(智慧)에 견줄 지혜(智慧)가 없고,
그리고, 또한,
완전한 성(性)의 최상(最上) 평등(平等)에 든
지혜(智慧)이므로, 무등등지(無等等智)라고 하며,

또한,
이 지혜(智慧)는,
완전한 성(性)의 최상(最上) 바름[正]에 이른
완전한 완성(完成)의 바른 지혜(智慧)이므로
무상정각지(無上正覺智)라고 한다.

그리고,
이 지혜(智慧)를 이름하여,
일체(一切) 깨달음 중에
무상(無上)의 완전한 깨달음의 지혜(智慧)이므로

무상대각지(無上大覺智)라고 하며,

그리고 또한,
물질(物質)의 일체상(一切相)과
심식(心識)의 일체상(一切相)과
무명(無明)인 미혹(迷惑)의 일체상(一切相)과
완전하지 않은 깨달음의 지혜상(智慧相)인
깨달음 증득(證得)의 일체상(一切相),
그 무엇에도 완전히 걸림 없는 지혜이므로
무상대원융지(無上大圓融智)라고 하며,

그리고,
일체차별차원(一切差別次元)의 세계(世界)인
일체차별식심(一切差別識心)의 세계(世界)에 있는
모든,
일체중생(一切衆生)의
일체상(一切相)과 일체심(一切心)과
일체무명(一切無明)의 장애(障礙)와
일체미혹(一切迷惑)의 장애(障礙)와
일체번뇌(一切煩惱)의 장애(障礙) 속에
완전하지 않은
일체견해(一切見解)의
일체차별지혜세계(一切差別智慧世界)를

완전히 벗어난, 완전한 지혜광명(智慧光明)인
무상대원만지혜(無上大圓滿智慧)이므로
불지(佛智)라고도 한다.

성(性)은,
만물(萬物)의 본성(本性)이며
천지(天地)의 근본(根本)이며
일체생명(一切生命)의 실체(實體)이며
일체(一切) 물질세계(物質世界)와
일체(一切) 의식세계(意識世界)의 바탕이며,
시방 우주(宇宙) 천지만물(天地萬物)을 운행하는
섭리(攝理)의 당체(當體)이며, 주체(主體)이어도

눈으로 볼 수도 없고
몸의 촉각으로도 알 수가 없고
앎에 의지해 헤아려 추측하여도 알 수가 없으며
어떤 지식(知識)과 어떤 앎으로 추론(推論)하여도
알 수가 없다.

왜냐면,
이 성(性)은, 그 어떤 지식(知識)과
그 어떤 앎의 헤아림으로도 알 수 없는

일체상(一切相)과 일체견(一切見)을 벗어난
초월성(超越性)이기 때문이다.

이 성(性)이
만물(萬物)의 본성(本性)이며
천지(天地)의 근본(根本)이며
일체생명(一切生命)의 실체(實體)이며
일체(一切) 물질세계(物質世界)와
일체(一切) 의식세계(意識世界)의 바탕이며,
시방 우주(宇宙) 천지만물(天地萬物)을 운행하는
섭리(攝理)의 당체(當體)이며, 주체(主體)이니,

이,
무한(無限) 초월(超越)의 절대성(絕對性)이
곧, 나의 본성(本性)이며
곧, 나의 실체(實體)이므로,

만약,
나의 본성(本性)과
나의 실체(實體)를 알려면
곧,
이 무한(無限) 초월(超越)의 절대성(絕對性)을

깨달아야 한다.

자기, 본성(本性)을 깨닫는 수행에서
깨달음이란
곧, 이 성(性)을 깨달음이니,

그러므로,
자기의 본성(本性)을 깨달으면
곧,
생명(生命)의 실상(實相)인,
만물(萬物)의 본성(本性)을 깨달음이며
천지(天地)의 근본(根本)을 깨달음이며,
일체생명(一切生命)의 실체(實體)를 깨달음이며,
일체(一切) 물질세계(物質世界)와
일체(一切) 의식세계(意識世界)의 본성(本性)을
깨달음이며,
시방 우주(宇宙), 천지만물(天地萬物)을 운행하는
섭리(攝理)의 당체(當體)이며, 주체(主體)를
깨달음이다.

그 까닭은,

자기의 본성(本性)이
곧,
만물(萬物)의 본성(本性)이며
천지(天地)의 근본(根本)이며
일체생명(一切生命)의 실체(實體)이며,
일체(一切) 물질세계(物質世界)와
일체(一切) 의식세계(意識世界)의 바탕이며,
시방 우주(宇宙), 천지만물(天地萬物)을 운행하는
섭리(攝理)의 당체(當體)이며, 주체(主體)이기
때문이다.

그러므로,
자기 자신(自身)의 생태변화(生態變化)의
일체 조화(造化)와 일체 작용(作用)이,
천지만물(天地萬物) 우주조화(宇宙造化)의 운행과
섭리(攝理)의 한 성품 작용 속에 삶을 살고
있음이다.

그러므로,
자기 본성(本性)을 깨달음으로,
자기 자신이
이 우주와 하나로 융화(融化)되어 있는
불이(不二)의 일체(一體)이며, 일성(一性)임을

깨닫게 된다.

왜냐하면,
일체(一切)가, 무한(無限) 초월(超越)의
하나의 성(性)이며,
한 성품의 섭리(攝理)에 의한 일체(一切) 작용과
일체(一切) 조화(造化)의 세계이기 때문이다.

그러므로,
성(性)을 깨달음이
성(性)만 단순히 아는 것이 아니라,
이 우주(宇宙)의 근원(根源)과
이 우주(宇宙)의 섭리(攝理)와
이 우주(宇宙)의 생명성(生命性)과
이 우주(宇宙)와 불이(不二)인
자기(自己)의 실체(實體)인 생명성(生命性)과
자기(自己)의 실체(實體)인 본성(本性)과
자기(自己)의 실체(實體)인 마음[本心]과
자기(自己)의 실체(實體)인 생사(生死) 없는
자기(自己)의 실체(實體)인 진성(眞性)을 오롯이
두루 밝게 깨닫게 된다.

이, 성품이,
일체생명(一切生命)의 실상(實相)으로,
곧, 너나없는 무한 초월(超越), 불이(不二)의
절대성(絶對性)이며,
일체(一切) 불이(不二)의 생명성(生命性)으로,

오직,
둘 없는, 무한(無限) 초월성(超越性)이니,
이는,
천지(天地) 이전에도 있었으므로
일시무시일(一始無始一)이며,
천지(天地)가 사라져도 사라지지 않으므로
일종무종일(一終無終一)인
영원(永遠)한 생명성(生命性)이니,

이는,
너나없는, 초월(超越)의 한 생명(生命),
무한(無限) 절대성(絶對性)인
무한(無限) 무궁(無窮) 생명(生命)의
성(性)이다.

10. 중(中)

중(中)이,
일(一)의 중(中)이냐,
분(分)의 중(中)이냐,
다(多)의 중(中)이냐,
화(和)의 중(中)이냐,
평(平)의 중(中)이냐,
도(道)의 중(中)이냐,
성(性)의 중(中)이냐,
심(心)의 중(中)이냐,
공(空)의 중(中)이냐,
상(相)의 중(中)이냐,
진(眞)의 중(中)이냐,
불이(不二)의 중(中)이냐,
초월(超越)의 중(中)이냐,
절대성(絕對性)의 중(中)이냐에 따라
중(中)의 특성이 다르다.

중(中)을 드러내는
설정(設定)과 상황(狀況)과 사실(事實)과
성품(性品)과 법(法)과 논의(論議)에 따라
중(中)의 성질과 특성이 다름은,

이념(理念)이나
이상향(理想鄕)이나
철학(哲學)이나
사상(思想)이나
법리(法理)나
진리(眞理)나
도(道), 또는 정신(精神)의 세계에서
중(中)을 일컫고
중(中)을 드러낼 때에는
중(中)이 의미하는바, 그 의미적(意味的) 특성이
중요하거나, 특별하기 때문이다.

중(中)을,
정(正)으로 수용하기도 함은,
어떤 상황(狀況)이든
치우침이나 과(過)함으로 문제가 발생함을,
기울어짐이 없는 온전한 균형(均衡)과

이지러짐이 없는 조화(調和)의 완전한 상태인
절대(絕對) 중(中)으로 문제점을 해결하고,
문제의 상황(狀況)을 치유(治癒)할 수가 있기
때문이다.

중(中)을,
조화(調和)로 수용하기도 함은,
어떤 상황(狀況)이든 조화롭지 못한 상태에는,
중(中)을 잃지 않는 정신(精神)과
중(中)을 생각하는 균형적 사고(思考)를 통해
어떤 상황(狀況)이든, 부조화(不調和)의 문제점을
해결할 수가 있기 때문이다.

중(中)을,
안정(安定)과 평화(平和)로
수용하기도 함은,
어떤 상황(狀況)이든 균형적 조화(調和)의 모습은
어느 한쪽으로 치우치거나, 이지러짐이 없는
균형적 조화(調和)의 형태(形態)와 모습이니,
그러므로,
절대(絕對) 안정조화(安定調和)인 중(中)의 상태를
벗어남은
곧, 균형적 조화(調和)의 안정(安定)을

잃어버리기 때문이다.

중(中)을,
예(禮)의 도(道)로 수용하기도 함은,
예(禮)는, 그 상황(狀況)에 따라
두루 조화(調和)를 이루어 아름답게 하고,
격(格)을 벗어나지 않은 행(行)의 조율(調律) 속에
과(過)하거나 부족함이 없는 중도(中道)의
절제(節制)의 아름다움인 격(格)을 갖춘
최상(最上)의 적절한 균형적 조화(調和)는
곧, 지극한 예(禮)의 아름다움이니,
절제(節制)의 조화(調和)인 그 예(禮)의 정신은
균형적 조율(調律)의 아름다움인
과(過)하거나 부족함 없는, 중(中)의 정신에 있기
때문이다.

중(中)을,
기본(基本)이며, 바탕으로
수용하기도 함은,
무엇이든 중심(中心)을 잃지 않고
안정(安定)된 균형적 상태를 유지(維持)함은
그 균형(均衡)의 기본(基本)이며 바탕이 되는
기본(基本) 바탕의 중심(中心)인

중(中)이 있기 때문이다.

중(中)을,
도(道)로 수용하기도 함은,
도(道)는 정(正), 덕(德), 선(善), 화(和), 법(法),
예(禮), 미(美), 이(利), 순리(順理) 등이니,
이는, 바람직한 것이며, 바른 것이며
이로운 것이며, 마땅히 행(行)해야 할 바이니,
도(道)의 마음과 행(行)에는
도(道)를 벗어난 무엇에 이끌림이나 치우침 없이
도(道)를 행(行)하는
절대(絕對) 중(中)의 마음과 정신이 있어야
하기 때문이다.

중(中)을,
절제(節制)로 수용하기도 함은,
절제(節制) 없는 마음과
절제(節制) 없는 행위와
절제(節制) 없는 모습과
절제(節制) 없는 관계와
절제(節制) 없는 삶은 아름답지 않고,
또한,
절제(節制) 없는 마음은 인성(人性)을 잃으며

절제(節制) 없는 행위는 인격(人格)을 상실하며
절제(節制) 없는 모습은 가치(價値)를 잃으며
절제(節制) 없는 관계는 존중(尊重)을 잃으므로,
절제(節制)는,
곧, 무엇이든 과(過)하지 않는
절제(節制)의 중(中)은
마음과 행위와 모습과 삶을 아름답게 하는
행(行)이기 때문이다.

중(中)을,
무엇이든 매사(每事)에 마음 씀의 행위에
절대(絕對) 중용(中庸)의 중(中)으로도 수용함은,
중용(中庸)의 중(中)은,
상황(狀況)에 있어서
어느 쪽으로 과(過)하거나 치우치지 않으면서
적절한 절대의 조화(調和)와 융화(融和) 속에
더없는 가치를 창출(創出)하여 이롭게 함이
절대(絕對) 중용(中庸)의 덕(德)이니,
이는,
상황(狀況)의 안정(安定)과 조화(調和)를 이룩하여
서로의 모순(矛盾)과 치우침의 상황(狀況)을
조화롭게 창출(創出)하고 도출(導出)함으로,
이는,

곧, 절대(絶對) 중(中)의 조화(調和)인
더없는 가치(價値)를 창출(創出)하기 때문이다.

중(中)을,
일체(一切)를 초월(超越)한 절대성(絶對性)인
절대(絶對) 중도(中道)의 중(中)으로도 수용함은,
중도(中道)의 중(中)은,
무엇에도 치우침 없는 성품을 일컬음이니,
이는,
완연(完然)한 절대(絶對) 중(中)의 실체(實體)는
일체(一切) 차별(差別)의 대상(對相)이 끊어져,
일체(一切)를 초월한 성품이므로,
이, 중(中)의 성품은
일체변(一切邊)과 일체중(一切中)과
일체존재(一切存在)인 일체상(一切相)을 벗어나,
일체(一切) 분별(分別)의 인식(認識)인
관념(觀念)의 대상(對相)과
일체(一切) 분별할 인식(認識)의 자(自)가 끊어져,
일체상(一切相)과 일체식심(一切識心)과
일체분별(一切分別)을 초월(超越)한
절대(絶對)의 성품이 중(中)의 실체(實體)이며.
이는,
무엇에도 치우침 없는 초월의 성품으로

일체상(一切相)을 초월한 본성(本性)이므로,
이, 무한(無限) 절대성(絕對性)인
중(中)의 실체(實體)에 듦은,
일체상(一切相), 일체(一切) 분별(分別)을 초월한
완연(完然)한 중(中)의 성품,
절대성(絕對性)이, 중(中)의 실체(實體)이기
때문이다.

중(中)이,
무엇을 뜻하며
무엇을 일컬음인지에 따라
중(中)의 실체(實體)가 다르거나, 차별이 있으며,
또한,
그 중(中)의 실상(實相)과 그 역할(役割)의 세계,
그리고, 그 역량(力量)이 차별이 있다.

그러나,
중(中)의 가치(價値), 공통점(共通點)은,
어떤 상황(狀況)의 문제점을
균형(均衡)과 안정(安定)의 조화(調和)를 잃은
완전(完全)하지 못한 부조화(不調和)를
바람직한 이성적(理性的) 지혜의 안목(眼目)으로

무엇이든, 어느 쪽으로 치우치면
안정(安定)과 조화(調和)를 잃음을 깨닫게 되므로,

어떤 상황(狀況)이든,
한쪽에 치우침이 없는 중(中)의 안목(眼目)으로
균형(均衡)과 안정적(安定的) 조화(調和)를 이루는
최상(最上)의 완전한 가치(價値)를 창출(創出)하는
이성적(理性的) 추구(推究)의 지혜(智慧)는
이상적(理想的) 궁극(窮極)의 완전(完全)함이니,
이는, 어느 한쪽으로도 치우치거나 이끌림 없는
완전한 중(中)의 절정(絶頂), 궁극의 승화(昇華)인,
일체(一切) 완연한 궁극(窮極)의 조화(調和)에서
어떤 이상적(理想的) 최상(最上)의 가치를 찾고자
했음은 다를 바가 없다.

중(中)은,
어느 곳으로도 치우침 없는
중(中)의 궁극(窮極), 승화(昇華)의 세계인
완전(完全)한 총화(總和)의 안정(安定)과
조화(調和)의 세계를 드러내므로,

중(中)의 가치(價値)는,

어느 곳으로도 치우침 없는, 완전(完全)한
정중(正中)의 실(實)이니,
이는, 궁극(窮極) 승화(昇華)의 가치(價値) 세계로,
어느 쪽으로 치우치거나 이끌림 없는
일체(一切) 총화(總和)이므로,
이는, 정중(正中)의 절대 중심(中心)인 실(實)을
지탱하며,

정중(正中)의 중심(中心)은,
일체(一切)를 총화(總和)로 안정(安定)되게 하고
일체(一切)를 조화(調和)롭게 함으로,
선의(善意)의 궁극을 향한 어떤 사상(思想)과
어떤 정신세계와 어떤 도(道)의 세계에서도,
최상(最上) 가치(價値)의 무한(無限) 이념(理念)은
일체(一切) 총화(總和)의 절대(絶對) 중심(中心)인
정중(正中)의 중(中)의 실체(實體)와 개념(槪念)과
사상(思想)과 정신(精神)과 가치(價値)와
이념(理念)과 조화(調和)의
최상(最上) 선의적(善意的) 영역을
벗어나지 않는다.

왜냐면,
일체(一切) 총화(總和)의 절대(絶對) 실중(實中)인

정중(正中)의 중(中)을 잃으면
일체(一切) 존재(存在)를 두루 건립할 수가 없고,
또한, 당연(當然)하고 정당(正當)한
정의(正義)의 중심(中心)을 확립(確立)하거나
건립(建立)할 수가 없음이니,

이는,
전체(全體)를 총화(總和)로 충실(充實)하게 하고
지탱하게 하는 총화(總和)의 실중(實中)인
정중(正中)의 핵(核)을 상실(喪失)하기
때문이다.

왜냐면,
중(中)은 중간(中間)이 아니라
전체(全體)를 지탱(支撐)하고 존재하게 하는
총화(總和)의 실중(實中)인 중심(中心)이며,
존재(存在)의 근본(根本)인 핵(核)이기 때문이다.

무엇이든,
안정(安定)을 잃은
일체(一切)의 모든 부조화(不調和)는,
그 존재(存在)의 힘, 총화(總和)의 실중(實中)인

정중(正中)의 중심(中心)을 잃은
한쪽으로 치우친 이끌림의 부조화(不調和) 상태
때문이다.

자기(自己) 생명(生命)과
자기(自己) 존재(存在) 유지(維持)의 실체(實體)인,
정중(正中)의 중(中)인 절대성(絕對性),
총화(總和)의 실중(實中)을 향할수록,
자기(自己) 생명(生命)과 자기(自己) 존재(存在)는
생명과 존재의 근원인 총화(總和)의 힘,
정중(正中)의 중(中)인
절대총화(絕對總和)의 실중공력(實中功力)의 힘,
절대중력(絕對中力)으로,
생명성(生命性)의 무한(無限) 공력(功力)인
상생(相生)의 힘이 살아나게 된다.

이는,
일체(一切),
존재의 생명(生命) 본처(本處)가,
곧, 그 존재력(存在力) 정중(正中)의 중심(中心)인
총화(總和)의 실중(實中)인 중력(中力)이
곧, 일체(一切)의 근본(根本) 생명성(生命性)이며,
이는 곧, 존재의 핵(核)이기 때문이다.

그러므로,
일체(一切) 존재(存在)는,
존재 총화(總和)의 정중(正中)의 중심(中心)인
실중(實中)의 중(中)을 벗어나면
거칠어지고, 이지러지며, 차별에 떨어져
마침내, 그 존재(存在)가 쇠퇴하여 소멸(消滅)하며
사라지게 된다.

그 까닭은,
존재 총화(總和)의 정중(正中)의 중심(中心)인
실중(實中)의 중(中)을 벗어나면,
만상(萬象)이 변화하는 차별세계에 떨어져
그 변화 섭리의 흐름 속에 휩쓸리기 때문이다.

이것이,
인식(認識)과 관념(觀念)의 일체 차별세계인
유(有)와 무(無), 생(生)과 멸(滅),
자(自)와 타(他)의 일체상(一切相)의 차별세계이다.

그러므로,
일체(一切)가,
존재 총화(總和)의 정중(正中)의 중심(中心)인
실중(實中)의 중(中)을 향할수록,

일체(一切)가 총화(總和)의 실중(實中)인
중(中)의 조화력(造化力), 총화(總和) 속에
안정(安定)과 균형(均衡)과 조화(調和)의 아름다운
총화(總和)의 모습과 형태의 생명력을 갖게 된다.

이는,
지극한 실중(實中)인 중(中)의 성품이
곧, 일체(一切)의
생명(生命) 본성(本性)이기 때문이며,
또한,
모든 존재(存在)의 생명성(生命性)이며, 핵(核)이,
곧, 일체 총화(總和)의 실중(實中)의 성품이기
때문이다

그,
무엇이든,
일체(一切)가
정중(正中)의 중심(中心)인 중(中)을 향할수록
한 어우름, 조화(調和)의 전체가
절대(絕對)의 균형과 안정을 두루 이루게 되고,
그 형태와 모습은, 아름다운 총화(總和)의 세계를
갖추게 된다.

이것은,
정중(正中)의 중심(中心)인 실중(實中)이
존재(存在)의 핵(核)이며,
이 실중(實中)의 일체(一切) 작용이
일체(一切) 존재(存在)와 생명(生命) 본성(本性)의
불가사의 조화(造化)이기 때문이다.

그것이 무엇이든,
일체(一切) 존재(存在)는,
그 존재(存在), 정중(正中)의 중심(中心)이며,
실중(實中)인, 중(中)의 핵(核)을 잃으면
그 존재(存在)는 사라지게 된다.

왜냐면,
그 존재(存在)는,
존재(存在)의 중(中)의 핵(核)이며, 실중(實中)인
생명(生命) 본성(本性)의 무한공력(無限功力)인
절대성의 조화(造化)에 의해 존재(存在)하는
실체(實體)이기 때문이다.

일체총화(一切總和)의 성품 세계

이 실중(實中)의 성품,
정중(正中)의 중심(中心)인 중(中)의 핵(核)은
곧, 우주(宇宙)의 근원(根源)이며, 중심(中心)인,
중(中)의 핵(核)의 성품이니,
이는 곧,
일체의 근본(根本)인 무한 절대성(絕對性),
하나의 성품이다.

일체(一切) 존재(存在)는,
우주(宇宙)의 중심(中心)인 중(中)의 핵(核)이
발현(發顯)한 조화(造化)이며,

이 핵(核)은, 곧,
일체(一切) 존재(存在)의 중심(中心) 실중(實中)인,
중(中)의 핵(核)이다.

이(是), 실중(實中)인,
중(中)의 핵(核)을 일러
본성(本性)이라 하기도 하며
생명(生命)이라 하기도 하며
근본(根本)이라 하기도 하며
천성(天性)이라 하기도 하며

본심(本心)이라 하기도 하며
일성(一性)이라 하기도 하며
불성(佛性)이라 하기도 한다.

이는,
불가사의 심(心)이며
불가사의 성(性)이니,
곧, 시종(始終) 없는 근본(根本) 심(心)이며
곧, 시종(始終) 없는 근본(根本) 성(性)이다.

이는,
일체(一切)를 초월하여, 중(中)이다.

이(是), 중(中)은,
일체(一切) 관념(觀念)과 분별(分別)을 벗어나
일체(一切)의 근본이며 근원으로
일체(一切)를 드러내고, 작용하게 함으로
실중(實中)이라고 한다.

이,
중(中)은
곧, 성(性)이며,

이는,
곧, 일체(一切), 불가사의 마음작용을 하니
심(心)이라고 한다.

이 심(心)은,
일체(一切) 초월(超越)의 실중(實中)에 들어야
이 중(中)의 심(心)을 알 수가 있다.

이, 실중(實中)에 들기 전에는
일체(一切) 사량(思量)과 분별(分別)로는
알 수가 없으니,
이, 심(心)을 일컬어 이름함이
불가사의심(不可思議心)이며
불가사의성(不可思議性)이라고 한다.

이는, 절대성(絕對性)으로
곧, 절대(絕對) 중(中)이며, 실중(實中)이며,
일체(一切) 조화(造化)의 근본(根本)으로,
궁극(窮極)을 벗어난
무한무궁(無限無窮) 무변제심(無邊際心)이며
무한무궁(無限無窮) 무변제성(無邊際性)이다.

이, 심(心)은,

우주(宇宙)의 근본(根本),

일(一)의 성품이니,

이는,

일시무시일(一始無始一)의 일(一)의 성품이며

일종무종일(一終無終一)의 일(一)의 성품으로,

이, 성품은,

일체(一切)를 초월한 초월성(超越性)이니,

무한 무변제(無邊際)의 절대 중(中)의 성품으로

이는, 무한 절대성(絕對性)이며,

불가사의 성(性)이다.

11. 일(一)

일(一)은,
단지, 하나이며,
오직, 일(一)일 뿐이다.

그러나,
이(是),
일(一)이 무엇을 일컬으며,
무엇을 뜻하는지,
일(一)의 설정(設定)의 값에 따라
일(一)의 단위(單位)와
일(一)의 가치(價値)와
일(一)의 인식(認識)과
일(一)의 사유(思惟)와
일(一)의 세계(世界)가 달라진다.

만약,

이(是), 일(一)이,
아무것도 없는 상태(狀態)인
영(零), 다음에 일(一)이면,

이(是), 일(一)은,
곧, 창조(創造)이며, 탄생(誕生)이니,

일(一)은,
곧, 축복(祝福)의 창조(創造) 일(一)이며
탄생(誕生)의 일(一)이다.

그러나,
이(是), 일(一)이,
일체(一切)이며, 다(多)이며, 일체(一體)이면,
일(一)은 곧, 다즉일(多卽一)이며,
일즉다(一卽多)이다.

이는,
일체(一切)가 일체(一體)이니,
일체(一切)가 하나이다.

이는,

일체(一切)가 다(多)이어도,
일체(一切)가 일체(一體)이니,
일체(一切)는, 일(一)인 하나이다.

이(是),
일(一)의 세계는,
오직, 하나인 다즉일(多卽一)이며,
일즉다(一卽多)이다.

이는,
천부경(天符經)의
일시무시일(一始無始一)의 성품이며,
일종무종일(一終無終一)의 성품 세계이다.

이는,
일체불이(一切不二)인
일체(一切)가, 한 성품 일체(一體)인
다즉일(多卽一)이며,

오직,
한 성품, 일즉다(一卽多)의 세계,
일체(一切)이다.

이는,
일즉다(一卽多)의 일체(一切)이어도
일체(一體)이니, 다즉일(多卽一)이며,

다즉일(多卽一)이어도,
이(是), 일(一)의
불가사의 무한무궁조화(無限無窮造化)를 따라,
일즉다(一卽多)의 일체(一切) 무한(無限)세계가
무궁(無窮)하다.

그러나, 만약,
이(是), 일(一)이,
무량(無量), 무한(無限) 일(一) 중에 일(一)이면,

이(是), 일(一)은,
일체(一切)도 아니며, 다(多)도 아니며,
일체(一體)도 아닌,
단지, 하나의 개체(個體)일 뿐이다.

이(是), 일(一)은,
곧,
한 사람이며, 한 나무이며, 한 송이 꽃이며,

한 마리 나비이며, 한 마리 새이며, 돌 하나이며,
한 풀씨이며, 한 꽃잎이며, 한 모래알이며,
하나의 달님이며, 별님이며, 해님이다.

그러나, 만약,
이(是), 일(一)이,
이(二)와 삼(三)이 전개(展開)되는 일(一)이면,
이 일(一)은, 이(二)와 삼(三)을 생성(生成)하는
기본수(基本數)인 일(一)이니,

이(是),
일(一)은, 무한(無限) 수(數)의 시작이며,
수(數)의 기초(基礎) 값인
수(數)의 설정(設定) 값의 일(一)이다.

그러나, 만약,
이(是), 일(一)이,
한 개체(個體), 일(一) 속의 구성체(構成體) 중(中),
일(一)이면,

이(是), 일(一)은,

한 개체(個體)를 형성하는
다(多)의 무수(無數) 가운데 그 하나인
기능체(機能體)일 뿐이다.

그러므로,
이(是), 일(一)이,
이(異), 중(中)의 일(一)이냐,
아니면, 불이(不二)의 일(一)이냐에 따라

이(是),
일(一)의 단위(單位)와
일(一)의 가치(價値)와
일(一)의 인식(認識)과
일(一)의 사유(思惟)와
일(一)의 세계(世界)가 달라진다.

이(是),
일(一)이, 이(異)의 세계이면,

이는, 곧,
일체(一切)이며, 다(多)의 세계이니,

이 세계는,
같음도 있고, 다름도 있으며,
비슷한 것도 있고, 비슷하지 않은 것도 있으며,
다(多)의 무수(無數) 차별도 있고,
다(多)의 무수(無數) 차원도 있다.

이(異)는,
곧, 일체(一切) 차별세계인
다(多)의 무량무수(無量無數)의 차별세계이다.

그러므로,
이(是),
이(異)의 세계에는
일체(一切) 차별(差別)의
창조(創造)도 있고, 탄생(誕生)도 있으며,
생(生)도 있고, 멸(滅)도 있으며,
천지만물(天地萬物) 무수상(無數象)도 있고,
남녀노소(男女老少)의 차별도 있으며,
무수(無數) 생로병사(生老病死)와
희노애락(喜怒哀樂)의 차별도 있다.

그러나,

일체(一切) 차별(差別)의
이(異)가 없는
불이(不二)의 세계
이(是), 일(一)은,
일체(一切) 초월(超越)의 성품세계이니,
창조(創造)도 없고, 탄생(誕生)도 없고,
생(生)도 없고, 멸(滅)도 없고,
천지만물(天地萬物)도 없고,
남녀노소(男女老少)도 없고,
생로병사(生老病死)와 희노애락(喜怒哀樂)도 없는
일체초월(一切超越)의 세계이다.

일체(一切),
이(異)가 없는 불이(不二)의 세계
일(一)에는,
일체(一切) 차별(差別)이 끊어진 세계이므로,

만약,
창조(創造)도 있고, 탄생(誕生)도 있고,
생(生)도 있고, 멸(滅)도 있고,
천지만물(天地萬物) 무수상(無數象)도 있고,
남녀노소(男女老少)도 있고,

생로병사(生老病死)와 희노애락(喜怒哀樂)도 있는
일체(一切) 차별(差別)의 이(異)의 세계 속에
의식(意識)이 머물러 있으면,

일체(一切),
이(異)를 벗어난 초월(超越)의 성품인
불이(不二)의 세계,
창조(創造)도 없고, 탄생(誕生)도 없고,
생(生)도 없고, 멸(滅)도 없고,
천지만물(天地萬物)도 없고,
남녀노소(男女老少)도 없고,
생로병사(生老病死)와 희노애락(喜怒哀樂)도 없는
일체초월(一切超越),

이(是),
불가사의(不可思議)
불이(不二)의 성품과
불이(不二)의 세계, 일체초월(一切超越)의
일(一)을 알 수가 없다.

이(是),
일체초월(一切超越) 불이(不二)의 세계는

다즉일(多卽一)의 세계이다.

다즉일(多卽一)이란,
다즉불이(多卽不二)란 뜻이다.

이(是),
다즉일(多卽一)인
다즉불이(多卽不二)의 세계는,
일시무시일(一始無始一)의 일(一)의 세계이며
일종무종일(一終無終一)의 일(一)의 세계이다.

이는, 곧,
일즉다(一卽多)가
일시무시일(一始無始一)의 성품 세계이며,
다즉일(多卽一)이
일종무종일(一終無終一)의 무궁(無窮) 성품의
세계이다.

이는, 곧,
불생불멸심(不生不滅心)인
본심본태양앙명(本心本太陽昂明)의

불가사의 인중천지일(人中天地一)의 세계이며,

오온개공(五蘊皆空) 청정무한(淸淨無限)이며,
불가사의(不可思議)
무상(無相),
무한(無限) 실상(實相),
무변제(無邊際)의 청정성품(淸淨性品)
일시무시일(一始無始一)의 성품이며,
일종무종일(一終無終一)의 성품인
청정무한(淸淨無限) 불가사의
마하바라밀다(摩訶波羅蜜多)의 세계이다.

이는,
곧, 일즉다(一卽多)이며, 다즉일(多卽一)의
불가사의 성품 세계이니,

일체(一切), 존재(存在)와
일체(一切), 생명(生命)의 본(本) 성품,
청정무한(淸淨無限) 성품의 세계이다.

만약,

일즉다(一卽多), 다즉일(多卽一)의
이(是),
일(一)을 깨달으면,

이(是), 성품이
곧, 일시무시일(一始無始一)이며
일종무종일(一終無終一)인
청정무한(淸淨無限) 불가사의 성품 세계이다.

이는, 곧,
일체(一切) 불이(不二)에 들어
다즉일(多卽一)의 성품을 깨달아,
일시무시일(一始無始一)인
자기(自己)의 본성(本性), 불생불멸(不生不滅)에
듦이니,

이는,
일시무시일(一始無始一)이며,
일종무종일(一終無終一)인
일즉다(一卽多) 즉, 다즉일(多卽一)인
불가사의 성품 세계,
일체초월(一切超越) 청정무한(淸淨無限)
불가사의 성품을 깨달음이다.

이(是), 일(一)은,
무량(無量), 무한(無限) 일(一) 중 일(一)이 아니며,

또한,
한 개체(個體), 일(一) 속의 구성체(構成體) 중(中)
일(一)도 아닌,

곧,
이(是), 일(一)이,
불가사의 일체(一切)이며, 다(多)이며,
일체(一體)이니,
일(一)이 곧, 일즉다(一卽多)이며,
다즉일(多卽一)이다.

이(是), 일(一)은,
일체(一切)의 무한절대(無限絕對) 본성(本性)으로,

일체(一切)가,
청정무한(淸淨無限) 불이(不二)의 일체(一體)이니,

이(是), 일(一)은,
청정무한(淸淨無限) 불가사의 불가사의로

생(生)도 없고, 멸(滅)도 없는
불생불멸(不生不滅) 청정무한성(淸淨無限性)이다.

이(是), 일(一)은,
시(始)도,
종(終)도 끊어졌고,

자(自)도,
타(他)도 끊어졌고,

물(物)도,
심(心)도 끊어졌고,

일체(一切),
이(異)도 끊어졌고,

일체(一切),
수(數)도 끊어졌고,

일체(一切),
개체(個體)도 끊어졌고,

일체(一切),
차별(差別)도 끊어져,
일체(一切)를 초월(超越)한
청정무한(淸淨無限) 불가사의(不可思議)이니
불이(不二)라 함이다.

일(一)이
만약,
불이(不二)이면,

일(一)은,
곧, 청정무한(淸淨無限) 절대성(絕對性)인
일체(一切) 초월성(超越性)이니,

만약,
다즉불이(多卽不二)의 본성(本性)을 깨달으면,
일시무시일(一始無始一)의 다즉일(多卽一)에 들어,
일(一)의 무한(無限) 절대성(絕對性)
청정무한(淸淨無限) 불가사의 본성(本性)인,
일(一)의 불가사의 무궁조화(無窮造化)의 세계
일종무종일(一終無終一)의 불가사의
불가사의사(不可思議事)

일즉다(一卽多)의 심오(深奧)한 불가사의 세계를
깨닫게 된다.

그러므로,
일체(一切) 다(多), 일체(一體)임을 깨달아,
일시무시일(一始無始一)의 불가사의 세계
다즉일(多卽一)을 깨닫고,

이(是),
일(一)의 불가사의
청정무한(淸淨無限) 절대성(絕對性) 속에
불가사의 불가사의사(不可思議事)
천지만물(天地萬物)의 무수상(無數象)
일체(一切)가 생성(生成)되고,

또한,
자기(自己), 일신(一身)의 탄생(誕生)과
일체(一切) 존재(存在)의 불가사의
일종무종일(一終無終一)의 세계
불가사의사(不可思議事) 일즉다(一卽多)의 세계를
깨닫게 된다.

이(是),
일체(一切)가 무한(無限) 절대성(絶對性)
불가사의 청정무한(淸淨無限)
불이(不二)의 세계로,
일시무시일(一始無始一)과
일종무종일(一終無終一)이 청정불이(淸淨不二)로
불가사의(不可思議) 원융(圓融)이며,

다즉일(多卽一)과 일즉다(一卽多)가
청정불이(淸淨不二)의 불가사의(不可思議)로
부사의사(不思議事) 원융(圓融)이니,

이는,
곧,
일시무시일(一始無始一)의 일즉다(一卽多)이며
일종무종일(一終無終一)의 다즉일(多卽一)이다.

이는,
곧, 일(一)의
불가사의(不可思議) 청정무한(淸淨無限)
불가사의사(不可思議事)
불가사의(不可思議) 성품 세계,

청정무한(淸淨無限) 절대성(絕對性),
무궁조화(無窮造化)의 불가사의(不可思議)
실상(實相)의 세계이다.

12. 진리(眞理)

진리(眞理)는
다양한 관점(觀點)에서 살펴볼 수가 있다.

세상 속,
진리(眞理)라고, 이름하는
진리(眞理)의 세계를 두루 살펴보면
진리(眞理)가,
오직, 하나가 아님은,

각자(各自)의 주관(主觀)과 상황(狀況)에 따라
진리(眞理)라고 인식(認識)하는
진리(眞理)의 종류가
다양(多樣)하기 때문이다.

진리(眞理)는,

내가 진리(眞理)임을 믿는다고
그 믿음으로, 진리(眞理)가 되는 것이 아니며,

진리(眞理)를,
내가 진리(眞理)임을 믿지 않는다고
그 믿지 않으므로, 진리(眞理) 아님이 되는 것이
아니다.

진리(眞理)는,
믿음으로 진리(眞理)가 되고
믿지 않으므로 진리(眞理)가 안 되는 것이 아니다.

무엇이든,
믿고, 믿지 않음은,
자기 관념(觀念)과 인식(認識)의 시각(視角)이다.

이것이,
진리(眞理)이다.
진리(眞理)가 아니다. 하는 것은,
자기(自己) 이해(理解)와 인식(認識)에 의한
관념(觀念)과 추정(推定)에 의한 안목(眼目)일 뿐,

중요한 것은,
자기(自己)가 진리(眞理) 속에 있느냐,
자기(自己)가 진리(眞理) 밖에 있느냐는 것이

진리(眞理)의 면에서는
더욱 중요하다.

만약,
자기(自己)가 진리(眞理) 속에 있다고 생각해도,

그것이, 참으로
진리(眞理)인가를 깊이 사유(思惟)하고 살피는
궁극(窮極)의 참 진리(眞理)의 실상(實相)을
추구(推究)하는
끝없는,
바른 사유(思惟)와 바른 깨달음으로
완전한 진리(眞理)의 바른 안목(眼目)을 열어
진리(眞理)의 중심(中心)에 다다라야
할 것이다.

믿음과

학식(學識)과 지식(知識)과 유추(類推)와
이해(理解)와 견해(見解)와 관념(觀念) 등,
그 어떤 앎에 속한 것이든
그것은, 진리(眞理)가 아니며,
또한, 진리(眞理)를 아는 것이 아니다.

진리(眞理)는,
진리(眞理)의 실상(實相), 중심(中心) 속에
자신이 있을 때에만
참으로, 진리(眞理)를 아는 것이다.

왜냐하면,
진리(眞理)의 실상(實相), 중심(中心) 중(中)에
있지 않으면

진리(眞理)의 밖에서
진리(眞理)를 생각하고, 유추(類推)하며,
진리(眞理)를 말하고 있기 때문이다.

이 뜻은,
자기(自己)가 진리(眞理)의 실상(實相) 중(中)에

있지 않으면

참으로
진리(眞理)를 아는 것이 아니며,

자기(自己)가
진리(眞理)의 실상(實相) 중(中)에 있을 때만이
진리(眞理)를 안다는 뜻이다.

진리(眞理)의 밖에서
진리(眞理)를 말하는 것은
진리(眞理)의 밖이니
참으로,
진리(眞理)를 아는 것이 아니다.

이,
참 뜻은,
이 우주(宇宙)의 생명본성(生命本性) 중심(中心)의
무한(無限) 초월(超越), 절대성(絶對性) 속에
완전히 증입(證入)해

자기(自己)가,

이 우주(宇宙) 생명본성(生命本性)의
완전한 중심(中心), 절대성 속에 있을 때에,
진리(眞理)를 바르게 아는 것이다.

그러하기 이전(以前)에는
참으로,
진리(眞理)를 안다고 할 수가 없다.

왜냐하면,
자기(自己)는 실제(實際),
진리(眞理)의 실상(實相) 밖에 있기 때문이다.

자기(自己)가 실제(實際),
진리(眞理) 속에 있을 때에, 진리(眞理)를 알 뿐,

자기(自己)가 참으로,
진리(眞理) 속에 있지 않으면
진리(眞理)를 모름이다.

진리(眞理)를 모름은,
진리(眞理)의 실상(實相) 밖에
자기(自己)가 있기 때문이다.

진리(眞理)는,
자기(自己)가 진리(眞理)의 실상(實相) 속에
있을 때에만
진리(眞理)를 바르게 알 수가 있다.

진리(眞理) 밖에서
진리(眞理)를 논(論)하는 것은,

진리(眞理)의 실상(實相) 밖에서
일체(一切)를 분별(分別)하고, 유추(類推)하며,
인식(認識)하고, 이해(理解)함이니,
이는, 진리(眞理) 밖의
차별의식(差別意識) 속에 있음이다.

이는,
아직, 진리(眞理)의 실상(實相)에 들지 못해,
진리(眞理)를 유추(類推)하여, 인식(認識)하고
이해(理解)하는,
자아(自我), 분별의식(分別意識)의 관념(觀念)으로,

아직,
진리(眞理)의 실상(實相)을 모르는

진리(眞理) 밖의 의식(意識)의 세계이니,
이는, 관념(觀念)과 의식(意識)의 분별(分別)인
일체(一切) 차별견해(差別見解) 속에서,
이것과 저것을 분별하고 유추(類推)하는
자아의식(自我意識)의 관념(觀念)과
사고(思考)의 분별에 의한 추정(推定)의
세계일 뿐이다.

자아(自我)는,
진리(眞理)의 실상(實相) 밖에서
일체를 분별(分別)하는 관념의식(觀念意識)이니,

자아(自我)의 세계는
일체 차별의 관념의식(觀念意識)의 세계이며,

일체(一切) 관념의식(觀念意識)인
자아의식(自我意識)을 초월(超越)해야만
일체관념(一切觀念)과 일체차별 의식이 끊어진
일체초월(一切超越)의 진리(眞理)의 실상(實相)인
무한(無限) 절대성(絶對性)에 들 수가
있다.

진리(眞理)의 밖에서
진리(眞理)를 생각하고,
진리(眞理)를 유추(類推)하는 분별(分別) 속에,
진리(眞理)라고 인식(認識)하며 생각하는
그러한 진리(眞理)의 세계는,
다양한 인식(認識)과 관점(觀點)의 차별 상황과
자기 주관적(主觀的) 성향에 치우친 관념(觀念)
의식(意識)의 세계이다.

이는,
자기(自己) 관념의식(觀念意識)과
배움과 앎에 의한 인식(認識)의 세계로,
자기(自己) 지식과 이해와 믿음과 추종(追從) 등,
자기(自己) 관념의식(觀念意識) 속에 이해하고
규정(規定)하며, 수용하는 진리(眞理)일 뿐,

그, 진리(眞理)가,
만인(萬人)이 긍정(肯定)하고,
만인(萬人)이 믿음을 가지는 절대 가치(價値)의
진리(眞理)는 아니다.

또한, 최고(最高)의 이성(理性)과
최고(最高)의 지성적(智性的) 절대 가치(價値)인

모두의 세상, 모두의 무한 행복을 위한
최상(最上) 이상(理想)의 절대 가치(價値)와
최상(最上) 이념(理念)의 절대 가치(價値)를 가진
진리(眞理)도 또한, 아니다.

또한,
그 진리(眞理)에 의해,
이 우주(宇宙) 만물이 운행하는 섭리(攝理)이며,
일체(一切) 존재(存在)의 생명본성(生命本性)인
실제(實際), 진리(眞理)도 아니다.

진리(眞理)의 밖에서
진리(眞理)임을 유추(類推)하는
진리(眞理)의 세계는,
사람의 인식(認識)과 관념(觀念)에 따라
그 성향과 차원이 다양(多樣)하며,

그,
진리(眞理)의 다양성(多樣性) 속에는
그것이 무엇이든,
자기관념(自己觀念)과 이해(理解)와 인식(認識)과
앎의 영역, 차원에 따라

곧, 진리(眞理)임을 인식(認識)하고,
곧, 진리(眞理)인 것으로 믿고, 그렇게 이해하며,
곧, 진리(眞理)임을 수용하여 추종(追從)하는
그러한 인지(認知)의 진리(眞理)이니,
이러한 각종 성향의 진리(眞理)는
다양(多樣)한 종류의 진리(眞理)가 있다.

보편적(普遍的) 개념(概念)의 세계
진리(眞理)의 종류는,
존재(存在) 실상(實相)의 진리(眞理)가 있으며
존재(存在) 섭리(攝理)의 진리(眞理)도 있으며,

성인(聖人)이라 불리거나 인식되는
성인(聖人)의 가르침인
성인(聖人)의 진리(眞理)가 있으며,

또한,
종교적(宗敎的)
신앙(信仰)의 진리(眞理)가 있다.

진리(眞理)가

무엇이냐 보다,

왜? 진리(眞理)를 생각해야 하며,

왜? 진리(眞理)를 찾는가를 사유(思惟)해야 한다.

누구나,

진리(眞理)가 무엇인지를 생각하게 되고

진리(眞理)를 찾게 되는 그 원인(原因)은,

사람에 따라,

또는, 목적에 따라,

또는, 상황에 따라, 다양할 수가 있으나,

그 보편적 심리(心理)는, 자기 욕구의 해결이니,

이는,

삶의 평안(平安)을 위해서이며,

또, 자기 앎의 한계성을 느끼기 때문이며,

또, 무엇이 바르고, 옳은 가를 가름하려는

이성적(理性的) 사고(思考)가 일어나기 때문이며,

또, 어떤 문제를 해결하고자, 그 길을 모색하고

찾고자 함 때문이다.

또, 상황에 따라,

누구든, 진리(眞理)를 묻는 물음에는,

왜?
"진리(眞理)를 묻느냐?"와

왜?
"진리(眞理)를 답(答)해야 하는가?"를 살펴야
한다.

왜냐하면,
진리(眞理)를 묻는 그 물음에는,
다양한 의도(意圖)와
다양한 자기주장(自己主張)이 있을 수가 있기
때문이다.

그러므로,
이 물음에는,
진리(眞理)가 진정, 무엇인지를 진실히 구(求)하고,
자기가 진리(眞理)를 알려고 찾고자 하는
진리(眞理)의 추구(推究)도 있을 수가 있으며,

또한,
자기가 생각하는 진리(眞理)가 옳은지
그것을 확인(確認)하기 위함도 있을 수가 있으며,

또한,
자기가 생각하는 진리(眞理)를 집착(執着)하여
그 진리(眞理)를 고집(固執)하며 인식(認識)시키고,
주입(注入)하기 위한 목적(目的)과 의도(意圖)도
있을 수가 있다.

그러나,
만약, 진리(眞理)를 논(論)할 수 있고,
설명(說明)할 수 있으며
해설(解說)할 수 있다면,

그 진리(眞理)는,
사유(思惟)와 인식(認識)이 가능한
개념(槪念)의 대상(對相)인
개념(槪念)에 의한 진리(眞理)이다.

이,
개념(槪念)의 진리(眞理)는
개념(槪念)의 인식(認識)에 의해
사유(思惟)와 이해(理解)와 인식(認識)이 가능하며,

또한, 누구나
그 진리(眞理)를 개념(槪念)의 인식(認識)을 통해
분별(分別)이나 사유(思惟) 속에
이해(理解)할 수 있는
의식(意識) 차원(次元)의 영역권(領域權)에 속하는
진리(眞理)이다.

이것은,
일체(一切) 초월(超越)의 절대성(絶對性),
진리(眞理)의 영역이 아닌,
사유(思惟)와 인식(認識)이 가능한 세계의 것으로,
현상계적(現象界的) 속성(屬性)이나
의식(意識)의 영역(領域)에 속한 것으로,
그에 믿음을 가지는 사람들의
다양한 특성 속에 인정(認定)하고
인지(認知)하며,

그것이,
곧, 바른 진리(眞理)임을
서로 공감대(共感帶)를 형성하는
개념적(槪念的) 특정한 사회성(社會性)을 가지며,
그에 속한 사람들이 추종(追從)하는

진리(眞理)이다.

이에 속한 것은,
어떤 특성이나, 다양한 전문성(專門性) 속에
특정(特定)한 이념(理念), 사상(思想), 법칙(法則),
원리(原理) 등

다양한 목적(目的)과
그에 의한 학식적(學識的) 영역(領域)이나,
의식(意識) 또는, 정신적 세계에 속한 것으로,
자체(自體) 자기주장(自己主張)이나
어떤 성향에 의한 개념정의(槪念正義)나
개념정도(槪念正道)의 자기 가치를 정립(定立)한
특성을 가진 것을 일컬음이다.

진리(眞理),
언어(言語)의 뜻을
다양한 관점(觀點)에서 이해(理解)하고
해석(解釋)할 수 있겠으나,

실제(實際)

진리(眞理)의 면에서
진리(眞理) 언어(言語)의 뜻[義]을 살펴보면

진리(眞理)의
진(眞)의 뜻[義], 특성(特性)은
불변성(不變性)의 뜻이 있으며
절대성(絕對性)의 뜻이 있으며
무염성(無染性)의 뜻이 있으며
청정성(淸淨性)의 뜻이 있으며
궁극성(窮極性)의 뜻이 있으며
무상성(無相性)의 뜻이 있으며
근본성(根本性)의 뜻이 있으며
근원성(根源性)의 뜻이 있으며
무시성(無始性)의 뜻이 있으며
무종성(無終性)의 뜻이 있으며
불생성(不生性)의 뜻이 있으며
불멸성(不滅性)의 뜻이 있으며
무한성(無限性)의 뜻이 있으며
무궁성(無窮性)의 뜻이 있으며
영원성(永遠性)의 뜻이 있으며
초월성(超越性)의 뜻이 있으며
유일성(唯一性)의 뜻이 있다.

진리(眞理)의

리(理)의 뜻[義], 특성(特性)은

섭리(攝理)의 뜻이 있으며

조화(造化)의 뜻이 있으며

운행(運行)의 뜻이 있으며

도리(道理)의 뜻이 있으며

순리(順理)의 뜻이 있으며

이치(理致)의 뜻이 있으며

원리(原理)의 뜻이 있으며

법칙(法則)의 뜻이 있으며

작용(作用)의 뜻이 있다.

보편적(普遍的) 개념(槪念)의 세계

진리(眞理)의 종류에 있어서

존재(存在)

실상(實相)의 진리(眞理)는,

존재(存在) 본성(本性)의 진리(眞理)이니,

이는,

우주(宇宙) 만물(萬物)과

일체(一切) 생명(生命)의 본성(本性)이다.

이,
실상(實相)이란,
일체(一切) 존재(存在)의 실체(實體)이니,
일체(一切) 존재(存在)의 본성(本性)을 일컬음이다.

일체(一切) 존재(存在)는
본성(本性)의 작용에 의한 현상(現象)이니,
이 현상(現象)의 실체(實體)는
곧, 성(性)이다.

성(性)은
일체(一切)의 근본(根本)이며, 근원(根源)으로
그 성(性)을 일러, 만유(萬有)의 본성(本性)이라고
한다.

그러므로,
성(性)과 본성(本性)은 차별이 없다.

다만,
만유(萬有)의 근본(根本)이며
근원(根源)을 일컬을 때는 본성(本性)이라고 하며,
그 실체(實體)를 일컬을 때는

성(性)이라고 한다.

그러므로,
성(性)과 본성(本性)은 차별이 없다.

본성(本性)이라고 함은,
본래(本來)의 성(性)이니, 본성(本性)이라고 하며
근본(根本)의 성(性)이니, 본성(本性)이라고 하며
근원(根源)의 성(性)이니, 본성(本性)이라고 하며
실체(實體)의 성(性)이니, 본성(本性)이라고 한다.

본성(本性)은,
만유(萬有)의 근본(根本)과 근원(根源)을 일컫는
성(性)이다.

성(性)은,
우주(宇宙), 일체(一切) 만물(萬物)의
근본(根本)이며 근원(根源)으로
시(始)와 종(終),
생(生)과 멸(滅)이 없는
불가사의 무한무궁(無限無窮)의 성품이며,

시방우주(十方宇宙)에
두루 충만(充滿)한, 초월(超越)의 성품으로,
상황(狀況)의 조건(條件)과 인연(因緣)을 따라
무량무한(無量無限)의 불가사의 일체상(一切相)
만물(萬物)을 생성(生成)하고 운행하며,
불가사의 무궁조화(無窮造化)가 다함 없는
일체(一切) 현상계(現象界)의 근본(根本) 성품이다.

이,
성(性)이, 만물(萬物)의 본성(本性)이며
일체(一切) 생명(生命)의 실체(實體)이며
일체(一切) 만유(萬有)의 근본(根本)인
변함 없는 성품이다.

일체(一切),
만유(萬有)와 만상(萬象)은, 인연(因緣)에 의한
차별상(差別相)이어도,
그 실체(實體)는 차별(差別) 없는
한 성품이다.

그러므로,
일체(一切) 만유(萬有)는 차별(差別)이 있어도

그 본성(本性)은, 차별(差別) 없는 한 성품이다.

일체(一切)의 근원(根源)인
이 한 성품을 일러
일체(一切)의 본성(本性)이라고 하며
일체(一切)의 실상(實相)이라고 함이니,
이 실체(實體)가
곧, 성(性)이다.

이,
성(性)은
일체(一切) 물질계(物質界)와
일체(一切) 의식계(意識界)의 본성(本性)으로,

일체(一切)
물질계(物質界)의 실체(實體)도 성(性)이며

일체(一切)
의식계(意識界)의 실체(實體)도 성(性)이다.

이,

성(性)은
일체(一切) 물질계(物質界)와
일체(一切) 의식계(意識界)를 초월(超越)한
불가사의 성품으로
일체(一切) 물질계(物質界)를 생성(生成)하고
일체(一切) 의식계(意識界)의 작용을 하게 한다.

이것은,
불가사의한 성(性)의 섭리(攝理)에 의함이니,
이, 성(性)은, 일체(一切)를 초월(超越)한
불가사의 무한 절대성(絶對性)으로
일체(一切) 물질계(物質界)와
일체(一切) 생명계(生命界)와
일체(一切) 의식계(意識界)를 창출(創出)하여

시방(十方),
우주(宇宙) 만물(萬物)을 운행(運行)하는
불가사의 작용의 성품으로
일체(一切) 존재(存在)의 본성(本性)이다.

이,
성(性)은

일체(一切) 만유(萬有)의 진리(眞理)의
실체(實體)이며,
일체(一切) 존재(存在)의 실상(實相)이며,

시방(十方) 우주(宇宙)를 운행(運行)하는
진리(眞理)의 근본(根本)이며 근원(根源)으로,
일체(一切) 물질계(物質界)와
일체(一切) 생명계(生命界)와
일체(一切) 의식계(意識界)를 창출(創出)하는
실체(實體)이며, 근본(根本) 성품이다.

이,
성(性)은,
일체(一切), 만유(萬有)의 근본(根本)으로
진리(眞理)의 실체(實體)이니,

이,
성(性)이 진리(眞理)의 성품이며,

이,
성(性)의 세계를
진리(眞理)의 실상(實相)세계라고 한다.

이는,
일체(一切) 물질계(物質界)와
일체(一切) 생명계(生命界)와
일체(一切) 의식계(意識界)의
실상(實相) 진리(眞理)의 세계이며
진리(眞理) 실상(實相)의 세계이다.

이,
성(性)의 섭리(攝理)가
곧, 존재(存在)의 섭리(攝理)이다.

존재(存在),
섭리(攝理)의 진리(眞理)는
성(性)의 섭리(攝理)에 의한 진리(眞理)의
세계이니,

이는,
일체(一切) 물질계(物質界)와
일체(一切) 생명계(生命界)와
일체(一切) 의식계(意識界)의 섭리(攝理)의
세계이다.

이,
우주(宇宙)의 만물(萬物), 일체(一切) 존재(存在)는
그 어떠한 섭리(攝理)나 원인(原因) 없이,
우연히 생겨난 것이 아니며
또한,
우연히 그 모습과 형태를 갖춘 것이 아니며
우연히 생멸(生滅)의 삶을 사는 것이 아니며
우연히 만물(萬物)이 운행하는 것이 아니다.

허공(虛空)의 하늘에
어느, 작은 별 하나라도
원인(原因) 없이, 우연히 생겨난 것이 아니며,

아주 작은 풀벌레 한 마리도
원인(原因) 없이, 우연히 생겨난 것이 아니며,

작은 꽃 한 송이도
원인(原因) 없이, 우연히 생겨난 것이 아니다.

모든 존재(存在)는
원인(原因) 없이, 우연히 생겨난 것이 아니다.

어느 한 존재(存在)이든
반드시,
어떠한 섭리(攝理)의 원인(原因)으로 생겨나
그 섭리(攝理)를 따라 작용하고
그 섭리(攝理) 속에 존재(存在)의 삶을 살게 된다.

그,
어떤 섭리(攝理)의 작용인 원인(原因)에 의해
만물(萬物)이 생겨나,
그 섭리(攝理)의 길을 따라 작용하며,
삶을 사는 그 섭리(攝理)가
곧, 존재(存在)의 섭리(攝理)이다.

이, 섭리(攝理)가
존재(存在)의 진리(眞理)이며
만물(萬物) 운행(運行)의 진리(眞理)이니,

이,
진리(眞理)를 따라
만물(萬物)이 생겨나고,

이,
진리(眞理)를 따라

존재(存在)의 삶이 이루어지며,

이,
진리(眞理)를 따라
시방(十方), 우주(宇宙) 만물(萬物)이
생성변화(生成變化)하며,
이 섭리(攝理)를 따라 운행(運行)하고 있다.

이것이,
존재(存在)의 섭리(攝理)이며
존재(存在)의 진리(眞理)이다.

진리(眞理)의 섭리(攝理)는
질서(秩序)나 순리(順理) 없이
무질서(無秩序)하게 바뀌며, 변화하는 것이 아닌
일정(一定)한 섭리(攝理)와 순리(順理)를 따라
작용하며, 운행(運行)함으로,

그 변함 없는
한결같은 작용과 운행(運行)을 일러
또한, 진리(眞理)라고 하며
또한, 섭리(攝理)라고 한다.

이를 일러
진리(眞理)라 함에는
변함 없이 한결같기 때문이며,

이를 일러
섭리(攝理)라 함은
그를 따라, 만물(萬物)이 생성변화(生成變化)하며,
작용하고, 운행(運行)하기 때문이다.

이,
존재(存在)의 섭리(攝理)는
만물(萬物) 현상계(現象界)의 진리(眞理)로
일체(一切) 물질계(物質界)와
일체(一切) 생명계(生命界)와
일체(一切) 의식계(意識界)의 작용과 운행(運行)이
이 섭리(攝理)이며, 이 순리(順理)이다.

이,
존재(存在)의 섭리(攝理)이며
진리(眞理)인,
만물(萬物)의 작용과 운행(運行)의 법(法)은
일체(一切) 만물(萬物)의 섭리(攝理)로

이,
섭리(攝理)의 작용으로
만물(萬物)이 생멸변화(生滅變化)하며, 운행함으로

이,
섭리(攝理)의 진리(眞理)가
곧, 만물(萬物)의 무한무궁조화(無限無窮造化)의
세계이다.

이,
섭리(攝理)와 진리(眞理)로
시방(十方), 일체(一切) 만물(萬物)이 작용하고
운행(運行)하며,

이,
우주(宇宙)의
무한무궁조화(無限無窮造化)의 세계가
펼쳐진다.

이는,
일체(一切) 물질계(物質界)의 섭리(攝理)이며
일체(一切) 생명계(生命界)의 섭리(攝理)이며

일체(一切) 의식계(意識界)의 섭리(攝理)이며,

또한,
일체(一切) 물질계(物質界)의 진리(眞理)이며
일체(一切) 생명계(生命界)의 진리(眞理)이며
일체(一切) 의식계(意識界)의 진리(眞理)이다.

그러므로,
일체(一切) 물질계(物質界)와
일체(一切) 생명계(生命界)와
일체(一切) 의식계(意識界)가
이 섭리(攝理)와 진리(眞理)를 따라 작용하고,
변화(變化)하며, 운행(運行)한다.

이것이,
존재(存在)의 섭리(攝理)이며,
존재(存在)의 진리(眞理)이다.

성인(聖人)이라 불리거나 인식(認識)되는
성인(聖人)의 가르침인
성인(聖人)의 진리(眞理)는,

만물세계(萬物世界)와
생명세계(生命世界)의
자연(自然)의 순수진리(純粹眞理)가 아닌,

성인(聖人)의 지혜(智慧)와 이념(理念)과
사상(思想)의 가르침에 의한 진리(眞理)이다.

그러므로,
성인(聖人)의 특성(特性)인
지혜(智慧)와 이념(理念)과 사상(思想)에 따라
진리(眞理)의 특성과 성향(性向)이 다르다.

성인(聖人)의 진리(眞理)는,
성인(聖人)의 특성(特性)인
그 지혜(智慧)의 세계와 이념(理念)의 성향과
사상(思想)의 차원에 따른 가르침이니,

그, 가르침을 따르고
추종(追從)하는 사람들에 의해
그 가르침을, 진리(眞理)로 인식하고, 수용하며,
받듦이다.

그러므로,
성인(聖人)에 따라,
성인(聖人)의 지혜(智慧)와 이념(理念)과
사상(思想)이 같지를 않거나 차별이 있어
성인(聖人)에 따라 가르침이 다를 수가 있으며,
성인(聖人)의 가르침인 진리(眞理)가
서로 다른 특성과
서로 같지 않은 차별성을 가질 수가 있다.

또한, 이는,
그 가르침을 진리(眞理)로 수용하고 받들며,
그 가르침을 따르고 추종(追從)하는 사람들의
믿음과 관념(觀念) 속에 자리한 진리(眞理)이므로,

이러한 상황(狀況)은,
그 성인(聖人)의 가르침에 따라 차별성을 가지며,
그 가르침을 따라는 사람들은
그 가르침의 이념(理念)과 사상(思想)에 따라
자기관념적(自己觀念的) 인식의 진리 세계를
형성하게 된다.

성인(聖人)의 가르침인

성인(聖人)에 의한 진리(眞理)는,
그 성인(聖人)의 이념(理念)과 사상(思想)의
특성(特性)을 가짐으로,
그 가르침을 따르는 사람과
그 가르침을 따르지 않는 사람과의
서로 다른 이념(理念)과 사상(思想)의
이질성(異質性)이 있으므로,

이러한 상황(狀況)의 현실(現實)은,
사회적 한 어우름의 순수한 인간성(人間性)에
서로 이질적(異質的) 문제점을 유발(誘發)할 수도
있다.

이러한 이념적(理念的)
가르침의 형태(形態)와 세력(勢力)에 따라
종교화(宗敎化)가 될 수도 있으며,

종교화(宗敎化)가 되었을 때에는
신앙적(信仰的) 형태와 체계(體系)를 형성하게
된다.

이러한 종교적(宗敎的) 형태는

그 가르침의 이념(理念)과 사상(思想)이
삶과 사회 속에 대체로 선의(善意)를 지향함으로
공동사회(共同社會)의 평화(平和)와 행복을 위해
사회에 선의적(善意的) 활동으로 이바지 하는
역할을 하게도 된다.

그러나,
성인(聖人)의 가르침은, 종교(宗敎)가 아니어도
가르침의 형태(形態)와 세력(勢力)에 따라
종교화(宗敎化)가 되면,

그 이념(理念)과 사상(思想)에 치우친
자기관념주의(自己觀念主義)에 치우치거나,
물들어,

모두,
한 어우름의 세상인 공동사회(共同社會)에
서로 왜곡된 생각과 시선(視線)은,
악영향(惡影響)을 초래(招來)하는 부분도
있을 수가 있다.

그러므로,
성인(聖人)의 가르침의 선의(善意)가
왜곡(歪曲)되지 않도록,
종교적(宗敎的) 이기심(利己心)보다

성인(聖人)의 가르침 선의(善意)의 뜻이
높이 존중(尊重)되고 승화(昇華)하도록
노력해야 하며,

또한,
존중(尊重)해야 할
성인(聖人)의 가르침 선의(善意)를 받들어,
더불어 한 어우름 속에 살아가는
공동사회(共同社會)의 평화(平和)와 행복을 위해
노력하고, 힘써야 한다.

이러한 노력으로,
성인(聖人)의 가르침과
성인(聖人)의 가치(價値)가 높이 존중(尊重) 받는,
아름다운 선의(善意)의 정신(精神)이 피어나

모든 사람의 삶과
공동사회(共同社會)에 이로움이 되어,

성인(聖人)의 가르침과 가치(價値)가 아름다운,
바람직한 이념(理念)과 사상(思想)이 되도록
노력해야 할 것이다.

종교적(宗敎的)
신앙(信仰)의 진리(眞理)는,
신앙(信仰)이 진리(眞理)를 수용하고
진리(眞理)가 신앙(信仰)을 수용하는
종교(宗敎)와 신앙(信仰)과 진리(眞理)가
융화(融化)된 하나의 형태 모습이다.

언어(言語)의 뜻, 차별에는,
종교(宗敎)와 신앙(信仰)이 다른 것이어도
사회(社會) 흐름의 삶의 모습에는
종교(宗敎)와 신앙(信仰)이 결합(結合)하고
신앙(信仰)과 종교(宗敎)가 융화(融化)되어,
종교(宗敎)라 하여도, 신앙(信仰)으로 생각하고,
신앙(信仰)이라 하여도, 종교(宗敎)로 생각하게
된다.

종교(宗敎)는,

진리(眞理)인, 최상(最上)의 가르침으로
최상(最上) 진리(眞理)의 이념(理念)과
이성적(理性的) 최상(最上) 가치의 이념(理念)인
사상(思想)에 속한 것이며,

신앙(信仰)은,
대상(對相)에 대한 존경(尊敬) 또는, 존중(尊重)과
믿음과 공경(恭敬)으로 받듦이다.

종교(宗敎)의 세계는
이성(理性)의 지혜(智慧)와 지식(知識)과
사유(思惟)와 이해(理解) 속에서 이루어지며,

신앙(信仰)은
단지, 믿음이 뿌리이며, 근본(根本)이며,
근원(根源)이다.

그러나,
지금, 사회(社會) 삶의 모습은
종교(宗敎)와 신앙(信仰)을 분리할 수가 없어,
종교(宗敎)와 신앙(信仰)이 하나로 융화(融化)된
형태를 가지므로,

종교(宗敎)와 신앙(信仰)을 따로 보지 않고,
한 인식(認識)의 개념(槪念) 속에서
둘을, 하나의 형태로 인식(認識)하고,
그렇게 수용하게 된다.

종교적(宗敎的) 신앙(信仰)의 형태도
다양한 속성의 성질이 있으니,
성인(聖人)의 가르침을 신앙(信仰)하고
받들어 실천(實踐)하는 진리적(眞理的) 형태보다,
자기의 원(願)하는 바를 해결(解決)하려는
원(願) 성취가 주목적인 신앙(信仰)의 형태 속에
원(願) 성취가 주목적인 신앙(信仰)의 성질이
종교(宗敎) 속에 다분히 있다.

종교(宗敎)에도
성인(聖人)의 가르침이 종교화(宗敎化)된
종교(宗敎)도 있으며,

다양한 전통(傳統)의 문화(文化) 속에
신앙(信仰)과 결속(結束)되어
시대(時代)와 사회(社會)의 흐름 속에
신앙적(信仰的) 체계화(體系化)를 갖추어

사회적 삶 속에 종교화(宗敎化)가 된 형태의
종교(宗敎)도 있다.

다양한 삶이
시대(時代)를 따라 이어지는
인간사회(人間社會)의 다양한 모습,
시대(時代)와 역사(歷史)의 흐름 속에
각종 이념(理念)과 사상(思想)이 자리하고,

누구나,
원(願)하는 삶의 행복(幸福)을 추구(追求)하며,
삶의 시련과 괴로움을 벗어나고자 하는
다양한 욕구(欲求)의 속성(屬性)이
각종 이념(理念)과 사상(思想)에 녹아들어

각종(各種),
신앙(信仰)의 형태를 갖추고,
종교화(宗敎化)를 이루며,
종교(宗敎)와 신앙(信仰)이 융화(融化)되어,
종교(宗敎)가 신앙(信仰)이며
신앙(信仰)이 종교(宗敎)인
삶의 모습, 한 형태(形態)를 이룸이니,

이 모두가
인간 삶의 다양한 형태의 모습이며,
각종 삶의 다양한 삶의 문화(文化)가 되어,
한 어우름 형태의 사회 속에
각각 그 특성의 성질과 빛깔을 가지며
이 시대(時代)의 삶의 다양한 현실인
인간 삶의 모습과 형태이다.

이러한
다양(多樣)한 삶의 문화(文化)는
시간 흐름의 역사(歷史)와 시대의 흐름 속에
다양한 인간 삶의 사회의 모습이 되어
복합적 인간 삶의 모습, 흐름의 세대(世代)는
각종 삶의 형태, 정신문화(精神文化)의 삶이 되어
흐르고 있다.

어떤,
성인(聖人)이 중요한 것이 아니라,
그 성인(聖人)의 가르침으로
모두가 행복하고
서로 어우른 세상이, 지고한 행복세상이 됨이
중요하다.

누가, 어떤 말을 하고
어떤 지혜(智慧)의 가르침을 설(說)했든,
그 가르침으로 모두가 행복하고
서로 상생(相生)의 더없는 지혜(智慧)를 일깨워
모두가 어우른 삶의 세상이 행복세상이면
그것이 곧, 누구나 긍정하는 세상의 진리이며,
진리를 존중하는 이성(理性)의 세상이니,

이는,
모든 종교(宗敎)와
각종 진리(眞理)의 최상 이념(理念)과 정신이
승화(昇華)하여 피어난
참 진리(眞理)의 세상이다.

참,
진리(眞理)는,
모두를 자유롭게 하고
모두를 행복하게 하며
모두의 어우름 세상을 평화롭게 함이니,

누구나,
진리(眞理) 속에 이기적인 욕망을 벗어나

서로 위하는 선(善)한 마음이 되며,

너나, 모두가 한 어우름
소중한 삶의 세상을
행복(幸福)과 평화(平和)의 세상이 되도록
해야 한다.

이것이,
진리(眞理)이며
진리(眞理)의 가치(價値)이며
진리(眞理)가 살아 있는 세상이다.

13. 길섶 바윗돌

길섶에 바윗돌
우두커니 무엇을 바라보며 서 있는 듯한 모습,
수 없는 세월 속에
깊은 생각에 잠긴 듯하고,

가슴에 간절한 무엇이 있어
춘하추동, 세월의 흐름이 몇천 년을 흘렀어도
묵묵히 그렇게 서 있는 바윗돌,

어쩜, 깊은 생각에 젖은 듯하고
어쩜, 흐르는 세월에 무심한 깊은 선정(禪定)에
젖은 것 같기도 하고

어쩜,
흐르는 세월을 잊은 채,

이 우주 흐름 속, 그 누구를 기다리듯
시간의 흐름을 초월한 모습은

오직,
억겁의 세월 동안
그 무엇, 오롯한 한 생각에 깊이 젖어서
추위와 더위, 눈과 비, 바람도 잊었고
무수 흐름의 세월, 변화의 흐름도 잊어버린
그 모습은,

알 수 없는
많은 신비의 사연을 안고 있는 듯하기도 하고
우주의 많은 비밀을 알고 있는 듯하기도 하며,

또한,
인간의 몸으로는
오랜 시간을 기다릴 수 없으니
몸을 바윗돌로 바꾸어, 세월의 흐름을 잊은 채
그 누구를 기다리는 것 같기도 하고,

비밀스럽고
알 수 없는 신비한 그 모습은
보는 사람마다 많은 생각을 떠올리게 하고

별의별, 신비한 궁금증을 자아내게 한다.

사람이 아니어도
많은 생각을 하게 되는 그 바윗돌에
인간을 초월한 친근감을 가지기도 하고
남녀노소를 초월한 벗이기도 하며,

가만히 바라만 보고 있어도
마음에 모든 아픔과 시련이 해소되기도 하고,
삶에 많은 아픔과 어려움이 있어도
인간에게 속삭이듯 그 어려움을 이야기하면
어떤 것이 해결되기도 하고,

또한,
외로울 때는, 그 바윗돌 옆에 가만히 있어도
친구가 되어 외로움이 사라지기도 한다.

바윗돌은,
젊은이나 늙은이나
삶에 마음 아픈 상처를 입었어도
마음을 위로받는 정신적 의지처가 되며,

말이 없어도,
인간보다, 더 마음에 위안과 위로를 받는
모두의 삶에 안식처가 된다.

길섶 바윗돌은
말 없어도
인간의 말 있음 보다, 더 위로받고

귀가 없어도
마음에 있는 뭇 말을 해도 다 알아들으며

옆에 가만히 있어도
마음에 아픔과 상처를 씻어 평안하게 해준다.

인간사 하루에
마음 속상함이 천 가지, 만 가지여도
바윗돌에 오면 모두가 사라지니,

천년만년 흐르는 세월 동안
그 길섶 신비한 바윗돌에
남녀노소 누구나

삶의 위로를 받은 사람이 수 없을 것이며,

인간 삶,
가슴에 많은 사연, 그 아픔과 상처를
위로를 받은 사람들이 수 없었을 것이다.

그저,
묵묵히, 하는 것 없이
우두커니 그렇게 깊은 생각에 잠긴 듯
알 수 없는 깊은 정신 선정(禪定) 속에 있어도
말없이 안온한 마음의 평안을 얻고
말없이 마음의 위로를 받으며

삶 속에 아픔과 상처
무수 사연 들어주지 않는 것이 없으니
이름 없어 길섶 바윗돌이라고 하나,

지나온
무수 천년 인간의 삶 속에
많은 사람이 삶의 아픔과 상처를 위로받으며,
다가올 무수 천년 세월의 흐름이 있어도
길섶 바윗돌에 의지해

삶의
그 어떤 아픔이 있어도
그 아픔과 상처를 해결하고 씻어주는
신비한 길섶 바윗돌이니,

우주가 흐르는 시간의 흐름도
세월이 흐르는 무수의 변화도 잊은 듯,
심오하고 신비한 그 모습은
그 실체(實體)의 비밀은 무수 천 년이 흘렀어도
알 수가 없어 불가사의이며,

이,
우주의 비밀(秘密)을 담고 있는
알 수 없는
신비(神秘)의 그 모습은
심오(深奧)하고 심오(深奧)하여
불가사의(不可思議)이며,
불가사의이다.

幻3 思惟

초판인쇄   2021년   12월   12일
초판발행   2021년   12월   18일

저   자 박명숙
펴 낸 이 소광호
펴 낸 곳 관음출판사

주   소 08730 서울시 관악구 봉천동 1000번지 관악현대상가 지하1층 20호
전   화 02) 921-8434, 929-3470
팩   스 02) 929-3470
홈페이지 www.gubook.co.kr
E - mail gubooks@naver.com

등   록 1993. 4.8 제1-1504호
ⓒ 관음출판사 1993

정가 25,000원

삶의 순수 지혜가 승화된
이상의 진리가 책 4권에 있다.

순수정신이 열린 특유의 사유와 지혜로 삶의 순수 정신의
승화, 자연의 섭리와 순리, 만물의 흐르는 도(道), 궁극이
열린 천성(天性)의 심오한 섭리의 세계를 4권의 책 속에
고스란히 담았다.

『사유를 담은 가야금 1』

삶의 순수정신과 생명감각이 열린
특유의 감각과 빛깔을 가진 사유는
보편적 인간의 가치를 넘어선 아름다운
신선한 깨달음과 생명력을 갖게 한다.

『사유를 담은 가야금 2』

의식승화의 사유는 삶을 자각하는
지혜와 새로운 감각을 열어주며, 정신
승화의 향기는 삶을 새롭게 발견하고
눈을 뜨는, 내면의 깊은 감명과
감동을 전한다.

『달빛 담은 가야금 1』

심오한 정신세계 다도예경과 다도5물,
다도5심, 천성 섭리의 이상(理想)
예와 도, 진리3대(眞理三大)와 도심5행
(道心五行)의 섭리세계를 담았다.

『달빛 담은 가야금 2』

선(善)의 세계, 홍익의 섭리, 성인과
군자와 왕의 도, 만물의 섭리와 순리,
도와 덕과 심, 무위, 궁극이 열린
근본지, 성(性)의 세계 등을 담았다.

박명숙 저 / 신국변형판양장본 / 정가 각 20,000원　　박명숙 저 / 신국변형판양장본 / 정가 각 23,000원

완전한 지혜의 세계,
密밀이 세상에 나왔다!!

최상 깨달음 지혜 과정이
이보다 더 상세할 수는 없다.

5, 6, 7, 8, 9식(識) 전변 깨달음세계와

완전한 깨달음 6종각(六種覺)인

5각, 6각, 7각, 8각, 9각, 10각(十覺) 성불
과정의 경계와 지혜의 길을 상세히 완전히 밝혔다.

밀법 태장계와 금강계, 옴마니반메훔, 광명진언
등의 실상세계를 자세히 밝혔다.

박명숙(德慧林)저 / 밀1권 500쪽 / 밀2권 584쪽 / 정가 각 35,000원

삶의 무한 지혜,

香 향이 세상에 나왔다!!

허공천(虛空天)
향운계(香雲界)에서
향수(香水)의 비가 내려
바다에 떨어지니
바다가 향수대해(香水大海)를 이룬다.

향1권 기품, 승화, 사유, 이성(理性)의 향기
향2권 지혜, 정신, 마음, 지성(知性)의 향기
향3권 생명, 차(茶), 초월, 꽃잎의 향기를 담았다.

박명숙(德慧林)저 / 향 1권 336쪽 / 향 2권 328쪽 / 향 3권 320쪽 / 정가 각 23,000원

지혜의 두 경전(經典)
반야심경, 천부경의
실상(實相) 진리(眞理)의 세계,
그리고, 무한 사유의 책이 나왔다.

香밀작가의 신작!

불법혜안(佛法慧眼)의 반야심경,
이천진리(理天眞理)의 천부경,
그리고, 이성(理性)이 깨어있는 정신
사유(思惟)의 무한차원
지성(智性)을 여는 책이 나왔다.

박명숙(德慧林)저 / 향 1권 384쪽 / 향 2권 316쪽 / 향 3권 352쪽 / 정가 각 25,000원

도(道)는
글에 있지 않고
따뜻한 마음 담은 한마디 말에 있으며

선(善)은
착함에 있지 않고
남을 사랑하는 진실한 행동에 있으며

행복(幸福)은
나의 만족에 있지 않고
서로 하나로 어우르는 기쁨에 있으며

복(福)은
삶이 풍족한 생활에 있지 않고
언제나 좋은 사람을 가까이함에 있으며

지혜(智慧)는
남보다 뛰어남에 있지 않고
항상 자기의 부족함을 개선하는 현명함에 있다.